남편과 마법 상자

남편과 마법상자

1판 1쇄 발행 | 2023년 4월 23일

지은이 | 원숙자
발행인 | 이선우
펴낸곳 | 도서출판 선우미디어
    등록 | 1997. 8. 7 제305-2014-000020
    02643 서울시 동대문구 장한로12길 40, 101동 203호
    ☎ 2272-3351, 3352 팩스: 2272-5540
    sunwoome@hanmail.net
    Printed in Korea ⓒ 2023. 원숙자

값 13,000원

ISBN 978-89-5658-729-5 03810

남편과 마법상자

원숙자 수필집

선우미디어 sunwoomedia

아프고 슬픈 삶의 현장을
향기 나는 이야기로 퍼 올린 수필 두레박

최원현 사)한국수필가협회 이사장·수필가·문학평론가
월간 〈한국수필〉 발행인 겸 편집인

원숙자 수필가의 두 번째 수필집 ≪남편과 마법상자≫ 출간을 축하
합니다.

원숙자 수필가는 2018년 월간 〈한국수필〉 신인상으로 등단한 후 바
로 첫 수필집 ≪남편은 참새농장 주인≫을 내어 주위를 놀라게 했었습
니다. 그만큼 원숙자의 수필은 가슴을 아리게 하는 진한 서정을 품으
면서 읽는 재미가 솔솔 느껴지는 맛깔스러운 수필들입니다.

무엇보다 문장이 쉽고 간결하여 술술 읽혀지는데 이야기의 전개가
구수하면서 숨 가쁘지 않을 만큼 속도감 있게 펼쳐집니다.

만만하게 내 손에 쥐어지는 이야기, 내 이야기인 듯 아닌 듯 하면서
도 내 이야기가 되는 야릇한 그의 스토리텔링은 다음 문장을 읽지 않
을 수 없게 만듭니다. 그런데 이번에 ≪남편과 마법상자≫를 또 낸 것
입니다.

이 두 번째 수필집 ≪남편과 마법상자≫ 또한 그런 원숙자 고유의 흐름을 유지합니다. 특히 5년여의 문학적 성숙을 거친 그가 요양보호사라는 특별한 직업인으로 보고 겪고 그러면서 행한 이야기들을 중심으로 우리네 삶의 안팎 현장을 작은 목소리로 고발도 하고 권유도 하고 부탁도 합니다.

단순한 생활 속의 이야기가 아니라 어느 만큼씩은 숨기고 싶던, 숨겨져 있던 내밀한 얘기들도 조심스레 살짝 문을 열고 내보입니다. 작가 자신이 직접 해내기도 했고 그래서 더욱 가슴 아파하고 눈물 흘리며 겪은 체험들이라 더욱 아프게 서럽게 안타깝게 다가옵니다.

자신의 이야기뿐 아니라 타자의 이야기도 자신의 이야기로 만듭니다. 그래서 아픈 이야기가 너무 아프지 않게, 슬픈 이야기가 너무 슬프지만은 않게 풀어내는 원숙자 만의 순수하고 솔직한 이야기들로 진솔한 그의 삶의 현장에서만 만날 수 있는 것들입니다.

그의 눈이 보고 보여진 삶의 모습들은 마지막 순간 명멸의 슬픔이고 안타까움이기도 합니다. 그조차 숨비소리로, 때론 퀘렌시아로, 때론 인간 생명의 고귀함과 신비로움을 간절히 애타게 부르짖는 깃발의 펄럭임으로 우리를 흔들고 울게도 합니다.

그는 자신의 아픔과 절망이었던 것들까지 그가 돕는 이들에겐 희망이 되게 합니다. 그런가 하면 보이스피싱 이야기, 귀여운 고양이손의 손녀, 며느리와 며느리의 친구를 통한 서사들은 자못 상쾌하고 경쾌하기만 합니다. 사랑의 편지, 무지개떠, 아이들과 낙엽 등은 밝은 세상의 표정으로 사랑의 일상을 밝힙니다.

직업으로 만난 사람들, 어머니, 남편, 자녀들, 손주들 등 각기 다른 삶의 유형이 저마다의 특별한 소리를 내어 화음을 이루는 살아가는 이야기들이 서사가 되어 소박한 삶의 한 상을 차려냅니다.

원숙자의 수필에선 그래서 유난스러울 만큼 삶내가 더 짙게 풍겨 나는지도 모릅니다. 안타까움의 냄새, 슬픔의 냄새, 희망의 냄새, 고통의 냄새, 절망의 냄새까지도 한데 버무려 매운 비빔밥을 눈물 뚝뚝 흘리며 먹는 것처럼 만들어 책을 놓지 못하게 합니다. 그렇게 그의 수필들은 진정한 삶내를 맡게 하며 맛보며 읽게 합니다.

원숙자 작가는 자기의 나이를 모릅니다. 아닙니다. 나이가 여럿이어서입니다. 오늘은 87세, 또 오늘은 아흔, 오늘은 할아버지 또 오늘은 할머니, 그렇게 작가는 요양보호사로 나 아닌 누군가가 된 채 하루에 세 어르신을 돌보기도 했습니다. 어르신이 아닐 때도 있습니다. 자녀 같은 이, 동생 같은 이도 있습니다. 그런 그들에게 작가는 하나같이 기다림의 사람이 됩니다. 간절히 함께 해 주길 바라는 마음들이 너무 커서 어떤 이는 식사를 하는 조건도 붙습니다. 그만큼 그를 필요로 하며 그와 더불어 외로움 그리움 사랑을 나누고자 하기 때문입니다.

수필은 가장 사람내가 짙게 풍기는 문학으로 공감의 문학입니다. 같은 생각 같은 마음이 될 때 비로소 작가와 독자가 하나되어 작품을 완성 시킵니다.

원숙자는 첫 번째 책 제목이 '남편은 참새농장 주인'이었고, 이번 책도 '남편과 마법상자'인데 왜 군이 남편을 등장시킨 것일까요. 이 또한 책을 읽어보게 하는 호기심의 키가 될 듯도 합니다. 타인이면서 부부로 인생의 마지막까지 같이 할 유일한 한 사람, 원숙자의 수필 속에 선 이런 가족 사랑 그리고 자신이 딸로 며느리로 어머니로 아내로 어떻게 살았고 또 살아가고 있는지를 조곤조곤 얘기하면서 우리에게도 자신의 삶법을 권하고 있습니다. 요양원에 계신 친정어머니를 생각하며 어르신들을 모두 어머니로 아버지로 생각하는 마음도 그 때문입니다.

　원숙자 수필집 ≪남편과 마법상자≫에선 우리 삶의 희로애락과 어떻게 살아야 할 것인가의 방향성을 확인합니다. 짧게 재미있게 감동 있게 펼쳐지는 원숙자 수필가의 두 번째 수필집 ≪남편과 마법상자≫는 잘 차려낸 삶의 한 상으로 독자들의 큰 사랑을 받을 것입니다. 출간을 큰 박수로 축하합니다.

2023년 4월

첫 수필집이 나왔을 때다. 요양병원에 입원 중인 원로 작가님이 축하한다면서 모임에 나오셨다. 대낮에 축하주를 내시겠다는 제안에 명동 어느 통닭집으로 갔다. 생맥주를 한 잔씩 들고 건배를 하신 뒤에 그분이 내 눈을 똑바로 보면서 물으셨다.

"소설과 시, 수필 중에 어느 글이 제일 어렵다고 생각하죠?" 나는 대답을 할 수가 없었다. 내게는 모두 다 어렵고 더 공부하고 싶은 장르이기 때문이었다. 그분은 다시 내 눈을 보시며 "앞으로 글을 계속 멈추지 않고 쓸 수 있겠어요?" "네, 저는 자신이 있습니다. 지금 이 시간 이 자리의 모습도 글감이니까요." 그러자 그분은 "가장 어려운 글을 선택했군요. 소설은 이야기를 꾸며 쓰면 되는 거라 상상력으로도 쓸 수 있고. 시는 아름다운 말들을 모아서 글감에 맞게 운율을 맞추면 되지만, 수필은 자신을 빨가벗기지 않으면 글이 되질 않아요. 앞으로 기대하겠습니다."라고 하셨다.

그날 그 선생님 말씀은 내 가슴에 깊이 새겨져 버렸다. 나를 벗겨야 글이 된다니 참 어렵게 느껴지기도 했지만, 글감을 멀리서 찾지 말고 내 주변에서 찾으라는 말씀으로 들렸던 거다. 내 기대와는 다르게 나 스스로 바쁘다는 핑계로 게을러졌다. 그럴 때마다 복 많은 내게 한 편의 글이라도 쓸 수 있도록 채찍의 편지가 왔다. 그럼 나는 새벽에 일어나 고민을 하고 약속을 지켜냈다. 그 글들이 모여서 이렇게 두 번째 수필집을 출판하게 됐다. 모든 일에 감사해야 할 이유다.

이 자리를 빌려서 "선생님, 감사합니다. 주변머리가 없어 한 번도 찾아뵙지도 못했습니다. 항상 건강하세요. 그날 맥주 맛있었어요."

작품 세계를 써주신 정춘근 선생님, 축하의 글을 주신 최원현 이사장님, 이선우 발행인께도 감사드린다.

아름다운 4월이다. 이 글을 읽는 모든 분이 아름답고, 행복하고 화창한 봄날만 있는 그런 매일 매일이기를 기도한다.

2023년 봄날에

원숙자

차례

1부 | 해바라기 사랑

공감대를 만들다

그녀를 처음 만났던 날, 요양보호사인 나는 참 난감하기만 했다. 센터장과 함께 방문한 그녀와 첫인사를 하는데 내게는 눈길도 주지 않고 고개를 반대로 돌려버리는 게 아닌가. 불만이 가득한 얼굴, 즐거움과 희망이 전혀 없는 듯 멍한 눈으로 '너라고 별수 있겠어?' 하는 건조한 표정이었다. 그동안 사람이 자꾸 바뀌다 보니 그럴 거라고 생각되었다.

센터장이 돌아가고 나는 그녀를 데리고 한의원에 갔다. 아주 힘들게 자동차에 태우고 갔다. 잘 붙들어 줘도 자꾸 넘어질 것 같아 아주 천천히 움직여야 했다. 발에 보조기를 채워주고 신발 위에는 1회용 덧신을 신겼다. 옆에 바짝 붙어서 부축하는 데도 여전히 눈길 한 번 주지 않았다. 침을 맞고 돌아와서 이불을 털고 청소를 하고 설거지를 하는 동안에도 내게는 관심이 없고 열심히 TV만 보고 있었다. 나는 얼른 물을 끓여서 족욕을 시켜 주며 재활 치료를 위해 팔다리를 주물러 줬다.

그녀의 몸은 엉망이었다. 발은 어린아이가 주먹을 쥔 것처럼 말려 있고 발바닥은 불룩하게 올라온 것이 꼭 갓난아기 발바닥 같았다. 허벅지와 종아리는 바짝 말라붙어 근육은 하나도 없고 대나무 등걸 같았다. 근육 운동을 시키려고 엉덩이를 잡았더니 근육과 살이 없고 뼈와 살가죽뿐이라 손이 뼈 사이로 쑥 들어가는 게 아닌가. 순간 가슴이 철렁 내려앉았다. 팔은 보조 장비를 사용하지 않고 그냥 처지는 대로 뒤서 그런지 어깨뼈를 감싸고 있는 근육이 늘어나서 주먹 하나가 들어가고도 남을 만큼 벌어져 있었다. 너무나 망가진 그녀의 현실이 불쌍하고 안타깝기만 했다. 더 열심히 재활 치료를 시켜 주겠다고 마음먹었다.

그 다음날 설거지를 끝내고 바로 족욕을 시켜 주면서 굳어있는 팔다리를 주물러 주고 나서 목욕까지 시켜줬다. 청소하고 찌개를 끓여놓고 나오면서 내일 보자며 인사를 해도 대답은커녕 쳐다보지도 않았다. 다음날도, 그 다음날도 그녀가 차갑게 대하면 나는 더욱 살갑게 굴었다. 일부러 말을 시켜보기도 하고 커피를 마시며 권해보기도 했지만, 매일매일 나 혼자 재롱을 떨다가 나오는 기분이었다.

뇌경색으로 쓰러졌던 그녀는 왼쪽 뇌를 다쳐, 오른쪽으로 심하게 마비가 오고 말도 잘할 수가 없다. 이제 겨우 40대 후반인데 나이가 아깝다는 생각이 들었다. 사실 내 막냇동생보다 어린 나이다. 나는 공감대를 만들려고 노력했다.

나도 마흔이 갓 되던 해에 저혈압으로 쓰러졌던 일을 떠올렸다. 그때 얼굴로 마비가 왔던 일, 그리고 말할 때마다 혀가 접어져서 말이 나오지 않았던 일, 걷다가 발목이 휘어져서 자꾸 넘어져 툭하면 무릎이 깨졌던 이야기를 해줬다.

내 말을 듣고는 처음으로 나를 돌아다보는 모습에서 조금은 마음을 여는 것이 느껴졌다.

매일 열심히 족욕을 해주며 팔다리를 주무르고 돌덩이 같은 뒷목을 주물러서 풀어주려고 노력했다. 그러면서 꼭 해주는 말이 있었다. 그녀의 마음을 열려고 한 말이다. "이담에 빨리 나아서 나처럼 요양보호사 일을 해야 해." 그녀는 한 번도 그 말에 대답하지 않았다.

이렇듯 매일 주물러 주고, 내가 아팠을 때 이야기를 해주곤 했다. 나는 자격증은 따지 않았지만, 남편이 교통사고로 마비가 왔을 때 남편의 팔다리를 풀어주기 위해서 경락을 배운 적이 있다. 그것이 도움이 되었는지 어느 순간 내가 무심코 묻는 말에 "네~" 하고 그녀가 대답했다. 그리고 보니 얼굴 표정도 조금 밝아진 듯했다. 한 단어 말도 못 하던 그녀가 차츰 느리지만 두 단어를 말하기 시작했다. 희망이 보였다.

조금씩 변해가는 그녀 모습에 우리 센터장과 사회복지사도 놀라움과 반가움을 감추지 못했다. 나보고 그녀 이야기를 교육용으로 쓰도록 글로 써보라 했다. 남의 이야기라 선뜻 쓰기가 어려웠다. 하지만 어렵게 글로 써도 좋다는 그녀의 허락을 받았다. 그리고도 두 달이 넘도록 망설이고 있었다.

그렇게 시간이 흐르는 동안 그녀도 나도 많은 노력을 했다. 내가 운동을 하자고 하면 말없이 걷고 또 걸었다. 그러면서 하루도 거르지 않고 족욕도 열심히 시켰다. 이제는 전문가에게 치료를 받아야 할 것 같아서 치료 센터로 연결을 해주고 근육이 굳지 않도록 건강식품도 잘 챙겨 먹이고 있다. 이런 노력 덕이었을까, 요즘은 하루가 다르게 달라지고 있다.

우리는 거의 매일 호숫가를 걷는다. 처음에는 한 시간이 넘도록 걷던 거리를 점점 빨라지더니 요즘은 두 바퀴를 돌아도 40분 정도면 된다. 사회복지사가 왔다.

"요즘은 수급자님 상태가 좀 어떠세요?"라며 나에게 물었다.

"직접 물어보세요. 옥이 씨, 복지사님이 어떠시냐고 묻는데…."

"저 요즘 좋아요."라고 그녀가 바로 대답을 하자 오히려 사회복지사가 놀랐다. 지난주부터 그녀의 말이 빨라지고 문장으로도 쉽게 말해서 나도 내심 놀라고 있던 참이다.

서로 어려웠지만 어느 순간 공감대가 만들어지면서 마음을 열고 함께 노력하다 보니 참으로 좋은 결과가 있어서 내 마음이 더욱 행복한 순간이다. 나는 요즘 그녀에게 자주 했던 말을 다시 장난삼아 하곤 한다.

"빨리 나아서 나처럼 요양보호사 일 꼭 해야 해."

그녀는 대답 대신 빙그레 웃기만 한다. 푸른 하늘에 하얀 낮달이 떴다. 열심히 걷는 그녀를 불러세웠다.

"옥이 씨, 잠깐 하늘 좀 봐요."

걸음을 멈추고 하늘을 올려다보며 머리카락을 쓸어 올리는 그녀의 모습에, 어두웠던 지난날의 그림자는 사라지고 여유가 생겼다.

[스토리문학 2020.]

기다림보다 헤어짐이 더 아프다

"오지 말지 왜 왔어. 눈이 빠져서 누군지도 몰라 보겠다."

어르신 현관문을 열고 들어서자마자 내게 하는 말씀은 반가움이 가득한 목소리이다. 함께 차 마시고, 그림 그리고, 동화책 보고, 식사하는데 어느새 세 시간이 훌쩍 넘어가 있다. 밤새 기다리다 지쳤다는 어르신과의 세 시간은 너무 짧기만 하다.

제가 요양 일을 마치고 돌아서 나올 때면 "벌써 갈 시간이야? 지금부터 나 혼자 있어야 되는 거야?"라는 말씀도 거르지 않는다.

"안 가면 안 되남."라는 말이 돌아 나오는 발걸음을 무겁게 하는데 "에휴~ 어떻게 내일까지 혼자 있나⋯."라는 맥없는 목소리가 내 등 뒤에 따라붙는다.

그럴 때마다 혼자 밤을 지낼 어르신이 가엾고 그 처지가 안타깝다. 나는 또 다른 어르신이 기다리고 계시니 지체하지 못한다. 그런 내가 야멸찬 것 같기도 하다. 그다음 일정이 비어 있는 날에는 테그만 찍어 놓고 한 시간이 넘도록 어르신 옆에 눕기도 하면서 놀아 드리기도 한다.

그렇게 하루 세 어르신을 돌봄하고 나서 퇴근하면 집안일은 손도 대기 싫다. 두 번째 집에서는 어르신과 함께 점심을 먹는 것이 조건이고, 세 번째 집에서도 저녁을 함께 먹어야 한다. 자식들이 모셔가려고 해도 극구 싫다 하신다. 자녀는 부모가 하루 한 끼라도 제대로 된 식사를 하시게 하고 싶어 해서 요양보호사인 내게 조건을 붙여 부탁을 하는 거다. 그런 자녀들의 걱정과 처지를 잘 알기에 나는 어떻게 해야 조금이라도 더 드시게 할지 고민하고 성의를 다하려고 한다. 혼밥 하기 싫어하는 나에게 다행한 일이기도 하다.

점심을 함께 드시는 어르신은 내가 한 수저 먹어야 당신도 한 수저 드신다. 하는 수 없이 내가 맛있게 먹어야 조금 더 드시고 "에휴, 맛있게 먹었다."라면서 흡족한 모습으로 약을 드시고 느린 걸음으로 거실을 왔다 갔다 운동까지 하신다.

세 번째 어르신은 바깥 어르신이 돌아가신 지 얼마 되지 않아서 그런지 도통 뭘 드시려 하질 않는다. 이것저것 만들어 드리는데 몇 입 맛있게 드시다가도 깜짝 놀라며 수저를 내려놓는다. 음식을 먹고 있는 자신이 돌아가신 남편에게 죄의식을 느끼는 것도 같다. 그런 날이면 어김없이 벽에 걸린 리마인드 웨딩(remind wedding) 사진을 바라보면서 한마디 하신다.

"그렇게 웃고만 있으면 어떡해. 얼른 나도 데려가야지. 응? 거기 혼자 있응게 좋소?"

목이 메는 어르신 모습에 내 눈에도 눈물이 어린다. 분위기를 바꿔주려고 어르신들이 좋아하는 트롯을 튼다. 요즘 유행하는 '미스터 트롯'을 보면서 이내 안정을 찾고는 특별 가수를 지목해서 열렬히 칭찬과 응원을 하신다. 어쩔 수 없이 일이 끝났어도 한 시간이 넘도록 그 프로가 끝날 때까지 앉아 있다가 나온다.

"에구, 요즘 코로나 땜에 노인정에도 못 가는디… 저것이 내 숨통이랑게. 모든 방송이 코로나 빼면 볼 것이 없어. 난리가 따로 없당게. 에휴~ 그 망할 코로난지 뭔지 언제 끝이 날라나. 쯧쯧쯔…."

"선생~ 저 방송 언제 하는지 예약 좀 걸어 놓고 가슈."

나는 편성표를 열어 방송 예약을 해놓고 늦은 귀가를 서두른다.

나도 혼자다. 토요일 오후가 되어야 서울에서 일하는 남편이 돌아온다. 겨우 하루 있다가 일요일 저녁을 들고 일어서는 남편의 발걸음도 무거워 보인다. 그런 남편을 보면서 어르신들 흉내를 냈다.

"벌써 갈 거야? 에휴~ 지금부터 나 혼자 있어야 하는 거야?"

남편의 눈이 휘둥그레졌다. 그 모습에 나는 더욱 장난기가 발동했다.

"에휴~ 다음 주까지 혼자 있어야지 뭐. 별 수 있남유…."

놀란 남편은 "하지 마. 사람 애간장 떨어지게 뭔 하는 짓이여 시방. 응? 안 그래도 혼자 놓고 가는 것이 마음 아파 미안해 죽겠는디…." 그만 울상이 되어 안절부절못하며 소리를 지른다. 나는 웃음이 나온다.

"이제 내 맘 알것남유? 지는유 매일 그런 소릴 듣고 산당게요."

"알았어. 알았어. 그만해. 그만 하라구. 미안해."

한참을 망설이다 늦은 밤길을 서두르는 남편의 뒷모습이 유난히 축

처져 보인다. 서울로 가는 내내 전화로 "혼자 남기고 와서 미안해."를 연발하는 목소리에 쓸쓸한 안타까움이 배어있다. '바보, 자기도 혼자 살면서….'

어르신들이나 남편이나 헤어짐과 기다림은 하나같은데, 설레는 기다림보다 내일 만날지라도 오늘 헤어짐이 더 아프다.

"혼자 있으면 외롭다기보다 아주 고독하다니까."

마음을 후비는 어르신들의 말씀이다.

이 밤, 혼자서 내일을 기다리고 계실 어르신들, 꿈속에서라도 외롭거나 고독하지 않으시길 기원한다.

해바라기 사랑

"애이그~ 이렇게 살아 뭣허겄수, 죽는 것이 낫지. 안 그러우?"

"에잇~ 어르신, 딸바라기 못해서 눈은 감을 수 있구요."

"그 렇 지~?"

쓸쓸하게 웃는 얼굴에 애틋한 그리움이 물들며 혼잣말처럼 중얼거린다.

"고것이 나보다 먼저 죽으면 안 되는디. 먹는 꼴을 보면 꼭 나보다 먼저 죽을 것 같아 걱정이라우."

내가 모시는 어르신은 기초 생활 수급자다. 처음 만났을 때는 발바닥과 손가락 사이며 손바닥이 까맣게 변해 있었다. 만져보면 부어서 풍선을 만지는 느낌이 들었다. 병원에서는 썩어서 그렇다고 엄지와 검지 발가락 두 개씩 잘라야 한다고 했단다.

믿음이 강한 어르신은 "주신 분도 하나님이고 가져갈 분도 하나님인디 지금 필요하시면 목숨까지 거둬갈 거 아냐. 발꼬락까지 자르면서 살고 싶지 않았당게. 그려서 그냥 왔어라."

그 뒤로 밥도 물도 아무것도 넘어가질 않았다. 그런데 이상하게 평소 먹지 않던 날계란이 먹고 싶었다. 꼭꼭 씹어서 먹으면 고소하고 맛있어서 아침마다 두 개씩 먹고 약을 먹었다. 당뇨약, 혈압약, 천식약, 변비약을 먹고 나면 배가 불러 아무것도 먹을 수가 없다. 굶어도 하루 종일 배가 부르다. 변비는 너무 심해서 관장으로도 해결되지 않는다. 너무 딱딱해져서 배가 많이 아프면 비닐장갑을 끼고 손가락으로 파낼 정도라고 한다. 몸은 항상 퉁퉁 부어 있어 배가, 아기를 한 명 안고 있는 것처럼 불룩하다.

작은 방 하나에 설거지용 씽크대 하나, 작은 화장실이 그 집 전부다. 요리를 할 수 있는 시설도 없다. 음식만 제대로 갖춰 드실 수 있어도 좋을 것 같았다. 매일 아침이면 적십자 봉사단이 가져오는 도시락이 있다. 그것마저도 딸을 먹이려고 입맛이 없다며 보내버린다.

몸이 약한 딸은 아주 순수하고 착하다. 어르신은 그를 조금 부족한 사람이라고 말한다. 바로 옆집에 살아도 엄마가 무엇을 먹는지 굶는지 잘 모른다. 음식을 해도 "엄마 이거 드셔봐요." 하며 갖다 드릴 줄도 모른다. 안타깝지만 생각을 못 하는 것 같았다. 그런 딸이 안쓰러운 어르신은 수급비가 나오면 오십팔만 원 중 오만 원은 하나님께 바치고, 삼십만 원은 딸네 생활비로 주고, 팔만 원은 딸이 진 빚의 이자를 낸다. 나머지로 생활을 하신다. 병원은 한 달에 여섯 번이 무료라고 한다. 나머지는 천오백 원을 내야 하니 아까워서 자주 못 가신다고 했다.

어르신은 가슴에 열이 많아 겨울에도 가끔 에어컨을 틀고 배를 대고 누워있다. 가끔 침을 맞고 오면 며칠은 편안해하신다. 그래서 나는 침을 계속 맞아 보시라고 권했다.

"애유~ 그런 돈이 어딨어."

"그래도 딸이 걱정이라 눈도 못 감으시는데 사시는 날 동안은 건강하셔야죠."

"그런가? 그럼 침을 맞는 것이 나을랑가?"

"그러믄요. 그래봐야 한 달에 삼만 원인디 건강하시면 더 좋잖아요. 그래야 딸도 걱정을 덜할 거 아녀요."

"우리 딸은 걱정이 뭔지도 몰라요. 에미가 아픈지, 먹는지, 굶는지도 모르는디 무슨 걱정이 있었어라. 휴~~."

크게 한숨을 내리 쉰다.

그랬다. 어르신이 며칠을 굶고 있어도, 모퉁이를 돌아와서 도시락만 가져갈 뿐 관심이 없다. 참으로 안타까운 일이다. 사위라도 좀 챙겨주면 좋으련만 그렇지도 않다. 내 생각에는 몰라서 못 하는 거 같다. 그래도 어르신은 맛있는 거 좋은 것이 있으면 모두 보내 준다. 그러면서 바로 옆에 있어도 또 보고 싶다고 하신다. 기운이 없어 흐느적거리며 걷는 딸이 곧 세상을 떠날 것 같아 걱정이란다. 그렇게 사는 딸이 애면글면 안쓰럽고 불쌍해서 더 보고 싶다고 하신다.

그런 딸이 교인들과 함께 3일간으로 일본 여행을 갔다. 매일 딸이 보고픈 어르신은 눈물까지 흘려가며 그리워하신다. 혹여 '다른 사람에게 폐라도 되지 않을까, 여행 중 쓰러지면 어쩌나.' 하는 염려 같았다.

"나는 왜 우리 딸이 보고 있어도 보고 싶은지 모르겠어라."

"어쩌겠어요. 오로지 어르신 해바라기인걸요."

"그런가."

힘없이 웃는 모습이 해맑다.

어른은 기다려주지 않는다

요양보호사 일을 시작하고 얼마 지나지 않아 아흔의 어르신을 소개받았다.

그 어르신은 젊어서 꽤나 잘나가는 지방의 유지였단다. 큰 키에 바짝 마른 어르신을 뵈면서 친정아버지를 닮았다는 생각을 했다. 친정아버지는 동네에서 제일 큰 키에 군살 하나 없으신 분이었다.

어르신은 여름인데도 하얀 긴 팔 와이셔츠에 정장 바지를 반듯하게 차려입고 있었다. 왼종일 소파에 기대앉아 계시다가 식사할 때와 볼일 볼 때만 움직이는 것 같았다. 그래서 그런지 무릎 아래 종아리부터 발까지 퉁퉁 부어 있었다. 부인이 세상을 떠나고 삼 년 동안 줄곧 그렇게 앉아 있었다고 한다. 집안은 구석구석 삼 년의 세월을 고스란히 뿌연 먼지로 무겁게 내려앉아 있었다. 인사를 마치고 서둘러 청소부터 시작했다. 먼지는 여러 번 닦아내고 나서야 반짝이기 시작했다.

커피포트에 물을 끓였다. 적당히 뜨거운 물을 커다란 대야에 담아서 족욕을 시켜 드릴 준비를 했다. 자존심이 강하신 어르신은 처음엔 양말을 벗지 않으려 했고, 발을 물에 담그는 것조차도 싫어했다. 나는 발가락을 살살 누르며 잡아당기다가 양말을 벗기고 따끈한 물에 담가 드렸다. 그리고 발가락을 살짝 당기면서 문질렀다. 무좀이 있으신지 뭉텅뭉텅 각질이 일어났다. 고무장갑을 끼고 싶은 마음이 굴뚝같았지만, 혹여 어르신 맘이 상하실까 봐 꾹 참고 발가락 사이사이, 뒤꿈치와 발바닥을 문질렀다. 손이 가는 곳마다 마치 가마솥에 누룽지가 일어나듯이 껍질인지, 때인지, 각질인지 모를 것들이 죽죽 벗겨졌다.

이미 내 속은 비위가 상하다 못해 온통 뒤집어졌다. 내색하지 않고 참아내야 했다. 힘들었다. 찬물로 헹구고 수건으로 잘 말린 다음 '무좀습진 연고'를 찾아 발라 드렸다. 그렇게 세 번 정도 해드리고 나니 발이 꼬들꼬들 윤기가 나고 좋아졌다. 부기도 거의 빠져서 발이 가벼워지니 걷기도 편해지셨단다. 마루에서 부엌까지 걷는 걸음걸이도 가뿐해 보였다. 침술을 하셨던 분이라 내가 주물러 드리는 부분들이 몸에 힘이 나게 해주는 곳이라며 자주 즐기셨다.

출근 첫날 어르신은 나를 부엌으로 데리고 가서 당신이 드실 음식을 손수 만들면서 가르쳐 주셨다. 방법은 간단했다. 이가 없으시니 여러 가지 반찬과 라면을 조금 부숴 넣은 다음 끓이기만 하면 됐다. 밥은 전기밥솥에, 불린 쌀을 작은 수저로 네 수저를 담고 물은 커피잔으로 삼분지 이만 넣고 취사를 누르면 됐다. 그리고 다음 날부터는 나보고 해보라고 하셨다. 드시는 음식이 부실해 보였다. 매일 찾아오는 작은 아들에게 이것저것 장을 봐달라고 부탁했다.

식사 준비를 하고 있으면 "원 샘~" 하고 부르신다. 부엌에서 방을 지나 마루로 달려가면 "아니 말이 하고 싶어서…." 조금 있다가 또다시 "원 샘~~" 하고 나직하게 부르신다.

"네~" 하고 달려가서 "어르신, 뭐 필요한 거 있으세요." 장난기가 가득한 눈으로 바라보시며 "아니, 거기 있나 확인한 거야." 하시며 밝게 웃으신다. 다시 일하고 있으면 또다시 그렇게 부르시곤 한다.

무른 반찬을 두세 가지 만들어서 차려 놓으면 대단히 만족해하시면서 "고마워, 이런 밥상이 일류 백반이야. 어디 가서 돈 만 원에 이렇게 맛있는 걸 먹겠어. 원 샘, 정말 고마워요."

내가 들인 정성을 알아주기라도 하는 것처럼 모든 음식을 남김없이 비우셨다. 나는 항상 그분이 식사가 끝날 때까지 식탁에 앉아서 미주알고주알 수다를 떨었다. 그 어르신 역시 지나간 세월을, 책을 엮듯 토해내셨다.

어느 날, 시간을 모두 마치고 태그를 찍으려고 하는데 "원 샘, 내가 돈이 많으면 원 샘을 샀으면 좋겠어. 다른 집 가지 말고 우리 집에만 와서 왼종일 있으면 얼마나 좋을까."

"어르신, 고맙지만 욕심내지 마세요. 다른 어르신도 절 기다리고 있거든요."라면서 일부러 너스레를 떨었다. "나도 알지. 그저 내 욕심이라는 걸…."

내가 가는 다른 집 어르신 안부도 묻곤 하셨다. 그리고 며칠 후 "원 샘, 정부에서 어차피 사람을 지원해 줄 거면 한 달에 한 이백씩 주고 한 집만 가라고 하면 노인들이 고독하지 않을 것 같애."라고 하셨다.

또 며칠이 지났다.

"원 샘, 내가 아들이 하나 더 있으면 원 샘 집에서 며느리 하나 데려오고 싶어."

"어르신, 항상 잘 봐주시니 고맙습니다."

"아니야, 진심이야~."

매일 아들이 장도 봐오고 마당에 풀도 뽑고 한참 동안 이야기를 하다가 간다. 그런데도 매일매일이 고독하다고 하시면서 "나이 먹으니 하루가 길고, 밤은 더 길어. 외로운 것보다 아주 고독하다니까, 내가 말할 수 있는 시간은 원 샘이 오는 시간뿐이야."

"아드님이 매일 오잖아요. 그런 효자가 어딨어요."

"그건 제 할 몫이고. 바빠서 금방 가야 허잖여."라시는데 목소리에 힘이 없다. 먼 곳을 보고 있는 눈가엔 뭔지 모를 쓸쓸함이 묻어난다.

어느 날 나의 수필집 ≪남편은 참새농장 주인≫을 드렸다. 얼마 후 "내가 대단한 사람을 데려다 부려 먹었구먼, 나는 원 샘이 행여 그만둘까 봐 불안 혀." 하셨다.

"어르신, 괜한 걱정 마시고 편안하게 지내세요."

청소하고 나면 함께 퍼즐 놀이를 하고 글쓰기도 했다. 어르신은 시를 매우 잘 쓰셨다. 어느 날은 퇴근하면서 시 한 편 써 놓으시라고 숙제를 내주고 오기도 했다. 하루하루 내 친정아버지께 못해 드린 효를 어르신을 통해 정성껏 베풀고 있었다.

어르신을 케어한 지 한 달 반 정도가 지나갔다. 한창 무더운 8월 초여서 밖에서 걷는 건 며칠 쉬시라고 당부를 드려도 여전히 식사 후에는 마을을 한 바퀴 돌고 오셨다.

마침 징검다리 휴일에 남편이 고향 부모님 산소 벌초도 할 겸 다녀오자고 했다. 나는 사정을 이야기하고 하루 쉬기로 했다. 그것이 상처였을까, 아니면 운명이었을까.

새벽에 병원에 입원하셨다고 연락이 왔다. 오전에 재가 요양 일을 마치고 병원에 가보니 정신이 약간 혼미했다. 그래도 반갑게 내 손을 잡고 놓지 않으셨다.

고향에 다녀와서 다시 병문안을 갔다. 그동안 사람들을 잘 몰라보셨다는 그분은 아주 반갑게 내 손부터 잡았다.

"원 샘, 애들은 어찌하고 왔어. 학교에서 왔어?"

"네, 아직은 방학이라 집에서 놀고 있어요."

"그려, 빨리 가서 애들 봐야지. 어여 가, 어여 가서 아이들 잘 키워."

며칠 만에 뵈러 갔더니 우리 손녀들을 먼저 챙기셨다. 그러면서도 내 손은 꼭 잡고 놓지 않았다. 그렇게 조금 머물다 왔다.

그 후 며칠간 서울에서 일하는 남편에게 다녀오고 대학병원에 가서 치료도 받고 바쁘게 지냈다. 그 어르신이 마음에 걸렸으나 일요일까지 바쁘니 월요일에나 문병을 가서 휠체어라도 태워 바깥 구경 좀 시켜드리고 와야겠다고 생각하고 있었다. 센터에서 하루만 대타 좀 해달라는 전화가 왔다. 그 어르신께 가보려 한다고 내 사정을 얘기했더니 다음 날 가라고 해서 또 하루를 미뤄 놓았다.

그런데 센터장이 "선생님, 그 어르신 오늘 새벽에 돌아가셨대요. 가까운 병원이라는데 내일 저랑 함께 조문 갑시다."라는 게 아닌가.

어른들은 정말 기다려주지 않는다. 우리 아버지도 내가 뵈러 가기 하루 전에 돌아가셨다. 그런데 아버지를 닮은 그 어르신도 내가 뵈러 가기 하루 전에 떠나셨다. 내가 찾아뵐 때까지 기다려주지 않으셨다.

마지막으로 출근했던 날, 곱게 입으시라고 와이셔츠랑 바지를 반듯하게 다려놓고 왔었는데…. 떠나셨단다. 조문을 갔다. 우리가 무슨 인연으로 만났는지 알 수 없지만, 꽃 속에 묻혀 활짝 웃으며 세상 시름을 모두 잊었노라 말씀하고 있는 듯했다. 오히려 외로움과 고독함에서 해방되었다는 안도감이 내 마음을 가라앉혔다.

매일 아버지를 찾아 섬기던 효자 아들이 형제들에게 나를 소개했다. 모두 내 손을 잡고 "그동안 우리 아버지 행복하게 해줘서 고맙습니다." "우리가 못다 한 일들을 해줘서 감사해요." "우리 막내에게 모든 이야기 듣고 안심하고 있었어요."라고들 했다.

센터장이 그런 나에게 흐뭇한 미소를 짓고 있었다.

나는 오늘도 재가요양 일을 하러 나간다.

"애구~ 나 오늘 아홉 시부터 계단에 앉아서 선생님 기다렸어. 꼭 어렸을 때 엄마를 기다리던 마음이더구만, 어찌나 조바심이 나던지…."

한 시간 반을 그 뜨거운 8월의 태양 아래서 팔순 치매 노인네가 나를 기다렸단다. 그 말을 듣는 순간 가슴이 뜨겁다. 더욱더 마음을 다해 열심히 하라는 채찍을 맞은 것 같다.

"원 샘~."

정신없이 일하다가도 문득문득 낮고 익숙한 목소리가 귓가를 맴돈다.

[창작21 2021.]

내 나이 올해 여든넷

달달달 떨리는 손으로 기운 없이 색칠하고 있는 내 손등이 거북이 등껍질을 닮아있다.

내가 어렸을 때 우리 할머니는 내 손을 보시면서 '고사리손'이라 했다. 삼 년 전에 나만 남겨두고 세상을 떠난 남편은 작은 꼬막 같은 내 주먹이 참으로 복스럽다면서 자주 꼬옥 잡아주곤 했었다. 그 손으로 평생 농사를 지으며 열심히 살았다. 학교는 문전에도 가본 적이 없고 간신히 야학에서 한글만 배워 까만 눈을 떴을 뿐이다. 그래서 더욱 열심히 자식들을 가르치기 위해 손을 혹사시켰다. 그랬던 내 손이 요즘엔 호강하고 있다.

"어르신, 오늘은 퍼즐을 할까요? 색칠을 할까요?"

요양 샘이 물으면 "에유, 다 힘들어. 그냥 색칠이나 해볼까."라면서 대답한다.

요양 샘이 처음엔 쉬운 밑그림이 있는 도화지를 가져오더니, 점점 어려운 밑그림을 들고 온다. 조금씩 칠하다 보면 훌륭한 그림이 된다고 했다. 생전 처음 해본 거라 두려운 날도 있지만, 날이 갈수록 솔솔 재미가 생겼다. 무엇보다 색칠을 다 해놓고 보면 참으로 예쁜 그림이 되었다.

열심히 색칠하고 싶은데 그건 마음뿐이다. 파킨스를 앓고 있는 탓에 점점 근육이 굳어지는지 손이 맘대로 움직여 주질 않는다. 열심히 색연필을 들고 문질러 보지만 손은 계속 그 자리에서 왔다 갔다 할 뿐 옆으로 나가지질 않는다. 그럴 때마다 요양 샘은 손가락으로 내 손을 살짝살짝 옆으로 밀어준다. 그렇게 몇 번을 하다 보면 꽃이 생기기도 하고 한 장의 그림이 되기도 한다. 나도 모르게 '예쁘다'가 반복해서 나온다. 내가 색칠했지만 정말 예쁘다. 그저 죽을 날만 기다리던 내게도 할 일이 생겨서 흐뭇하고 행복하기도 하다.

"어머니, 전시회를 열어도 되겠는데요." 큰사위가 내가 그려놓은 그림을 보면서 너스레를 떤다. 딸들도 "색감이 좋네요. 우리 엄마가 이렇게 그림에 소질이 있었는지 몰랐네요."라며 액자에 넣어서 벽에 걸어놓자고 한다.

요양 샘이 며칠 전에는 물고기 밑그림이 그려진 도화지를 들고 왔다. 한눈에 보기에도 어려워 보였다.

"에구~ 이 어려운 걸 어찌 칠하라고?"

"어르신, 물고기는 색이 많지 않으니 어렵지 않아요. 함께 천천히 칠하면 돼요."라면서 내가 제일 좋아하는 분홍색 연필을 손에 쥐여줬다.

그런데 내 손은 내 맘을 몰라준다. 옆으로 나가려고 하면 그 자리에서 움직이지 않고 있다가, 그 자리에 멈춰 색칠하려고 하면 '찍~' 하고 선 밖으로 손이 튀어 나간다. 여지없이 도화지에는 원하지 않는 선이 생기는 순간이다. 내가 당황하면 요양 샘은 "괜찮아요. 이렇게 해서 세상에 하나밖에 없는 그림이 탄생하는 거예요."라면서 개의치 않고 계속 칠을 하라고 한다.

마음은 10분이면 칠할 것 같은 그림을 하루 한 시간씩 사흘이나 걸려서 완성했다. 뿌듯했다. 요양 샘은 찰칵찰칵 사진을 찍었다. 자랑해야 한단다. 내 마음에도 쏙 드는 그림이다.

"샘, 그거 에어컨에 붙여줘."

"네~." 대답이 끝나기 무섭게 약상자에서 반창고를 꺼내 에어컨에 척~하니 붙여줬다. 예뻐서 자꾸 올려다보게 된다.

지금 내 손은 기운이 없다. 수저질도 힘들어 반찬은 요양 샘이 얹어주는 것만 간신히 입으로 넣는다. 그 손으로 그림을 그리고 지점토로 꽃도 만든다. 나도 모르게 넋두리가 나온다. '세상에, 이 나이에 내가 그림을 그릴 줄 어찌 알았겠어. 이런 날이 올 거라고 생각이나 해봤겠어.' 죽을 나이가 되어서 호강한다는 생각이 든다. 요양 샘은 내 말을 흉내 내서 말한다.

"어르신, 평생을 거북이 등껍질이 되도록 부려 먹은 손이니 이제는 그림도 그리고 손가락 체조도 하면서 호강도 시켜줘야죠."

굽은 내 손가락을 만져주면서 치매 예방에 좋은 운동이라며 잼, 잼, 잼을 시작으로 노래를 부르며 체조를 한다.

'떴다 떴다 비행기♪, 날아라~ 날아라~♫'

갈퀴같이 엉성한 손으로 노래에 맞춰 동작을 따라 하는 그 순간만큼은, 달달달 떨리는 손을 잊고 고사리손이 되어있다. 마음은 이미 여든 넷의 나이를 잊은 채 비행기를 타고 푸른 하늘을 자유롭게 날고 있다. 이 행복이 하루하루 이어지길 바란다.

[그린에세이 2019.]

* 여든넷 할머니가 되어서 쓴 글입니다.

반짝이는 애마

"발이 되어준 고 녀석 등에만 올라타면 눈이 번쩍 뜨이고, 귀가 밝아지는 것이 막혔던 가슴이 뻥~ 뚫어지는 것 같애, 속이 시원~ 허당게."

"평생을 부려 먹은 탓인지 몸뚱어리에 남은 것은 병뿐인 나를 누가 데리고 다니겄어, 고 녀석이나 되니 가자는 대로 다 가는 거지."

그렇다. 평생을 제때 밥도 못 챙기고 일만 하며 살다 보니, 당뇨에 혈압, 천식, 화병으로 속이 답답해서 죽을 것 같은 병을 앓고 있다. 거기다 몇 년 전부터는 발가락이 잘라야 할 정도로 썩어들어가기 시작했다. 이를 안타깝게 여긴 교회에서 도와줘 장애 4등급을 받았고 정부 지원으로부터 반짝반짝 빛나는 전동휠체어를 제공 받았다. 퉁퉁 부은 발로 지팡이를 의지해서 간신히 전동차에 오르고 나면 온몸에 힘이 솟는다.

오늘도 밖으로 나가고 싶어 좀이 쑤신다. 오랜만에 오는 눈이 가뭄을 해소시켜 주는 걸 안다. 고마운 눈이라는 걸 알지만 발을 방안에 묶어버린 고것이 못내 아쉽고 답답하다.

처음에 정부 도움으로 전동휠체어가 생겼을 때는 내가 잘 탈 수 있을지 걱정이 앞섰다. 젊은 시절 가족들의 생계를 책임져야 했기에 짐빼(큰 자전거)에 쌀 두 가마도 거뜬히 싣고 달리던 때가 생각났다. 그랬던 내가 겁쟁이가 되다니… 지금의 나 자신이 한심했다.

휠체어를 배달한 사람이 설명해준 대로 살살 타고 나가 골목길을 돌아보니 탈만 했다. 버튼을 하나 올리면 앞으로 가고 내리면 뒤로 간다. 밥은 기름이 아니라 전기에 꽂기만 하면 된다. 있는 힘을 다해 페달을 밟아야 했던 짐빼(큰 자전거)보다 편하고 좋다는 생각이 들었다.

조심스럽게 골목으로 골목으로 돌아서 시장엘 갔다. 집에만 누워 있은 지 몇 달만이다. 마음이 몹시 설렌다. 잘 아는 친구를 만나 반가운 마음에 다가갔더니, 대뜸 나를 보면서 한마디 했다.

"아이고 저 노인네, 걸어 다니지 왜 저런 걸 타고 다닌댜~. 내가 아는 누구도 그런 것 타고 다닌다며 운동을 않더니 앉은뱅이가 돼서 들어 앉더만…."

"아야, 너는 어케 말을 해도 고따위로 허냐. 오랜만에 만났으면 반갑다고는 못할망정…."

속이 많이 상해서 한마디 톡 쏘아 주고는 집으로 돌아와서도 서운함이 풀리지 않았다. 어떻게 친한 친구가 그렇듯 모진 말을 하는지 그 말이 가슴에 콕 박혀 버렸다. 방에만 누워있다가 그거라도 타고 밖을 나가니 세상을 다 얻은 것 같은 내게 그렇게 심한 말을 하다니 너무 마음이 아프고 화가 났다.

그래도 나는 그 녀석 등에 앉아 자주 시장엘 간다. 그나마 사람들을 만날 수 있는 곳이 그곳이기 때문이다. 교회도 가끔 가는데 아직은 오래 앉아 있는 것이 힘이 들어 삼가는 편이다. 그래도 찬송하는 시간이 제일 행복해서 날이 따듯해지면 내가 사랑하는 애마를 타고 꼭 미사에 참석할 것을 기도하고 있다.

아침에 눈을 뜨면 날계란 한 개를 마시고 몇 봉다리 약을 먹고 나면 배가 불러서 아무것도 먹을 수 없다. 난 고 녀석을 타고 골목을 돌아 한의원에 간다. 항상 내가 제일 먼저 도착해서 기다리면 간호사가 와서 문을 연다. 1등으로 침을 맞고 시장 구경을 한다. 필요한 몇 가지를 사 오기도 하지만 대부분은 아는 사람들에게 인사를 하고 돌아오는 것이 내가 사는 재미다.

오늘도 한의원에 갔다. 담터에서 온 노인네 둘이서 전동차를 타고 다니는 사람이 제일 싫다고 했다. '고약한 여편네들 아침부터 내 속을 긁어놓다니' 속이 부글부글 끓어도 참는다. '나도 목숨이 하난데 조심하지 않을까.' 속으로 그 여편네들한테 욕을 해줬다.

집에 와서 그곳에서 못다 한 속내를, 나를 도와주러 온 요양보호사한테 풀어내니 웃으면서 잘 들어 준다. 요즘엔 전동휠체어가 많아 이런저런 사람이 있어 그러니 참으란다. 속이 좀 풀리는 것 같다. 아줌마 선생, 슬그머니 일어나 나가더니 내 애마를 반짝반짝 닦아놓고 들어왔다. 누가 뭐라든 개의치 말고 방에만 있으면 병이 더 깊어진다며 운동 삼아 자주 다니시라고 한다.

반짝이는 고 녀석 등을 타고 앉으니 세상이 모두 내 손안에 들어온다.

바람이 훅~ 하고 답답한 가슴을 뻥 뚫고 지나간다.

[한국수필작가회 2020.]

어느 약속

사는 것은 언제나 내 마음대로 되는 것이 없다.

나는 어머니의 효녀이고 싶고, 남편에게는 아름다운 아내이자 다정한 친구이고 싶은데 안부조차 물을 시간도 없이 무심한 세월만 간다.

올해는 코로나19로 집과 직장만 오가다 보니, 이웃이나 친구들과 더욱 무심해지는 것 같아 안타깝다. 그중에 제일 마음 아픈 것은 요양병원에 계시는 친정어머니다. 면회가 금지되어 있으니 못 뵌 지 몇 달째다. 지난 설이 지나고 한 번도 면회를 간 적이 없다. 겨울이 가고, 봄이 가고, 여름이 되도록 어머니가 좋아하시는 방아 장떡 한번 해다드리지 않았다. 파주까지 먼 길을 가서 얼굴도 못 뵙고 돌아오는 것이 싫다는 마음의 핑계를 대면서….

친정과 자동차로 두 시간 거리에 살았던 적이 있었다. 그때 엄마는 70대 후반이었고 농사를 많이 짓고 있었다. 아버지가 돌아가시고 혼자 계시는 어머니가 걱정스러워 자주 들러서 농사일을 거들어드렸다. 학습지 상담 일을 했던 나는 학생들이 학교에서 돌아올 때까지 시간이 많았다. 새벽에 일어나 두 시간을 달려가서 농사일을 도와드리고 돌아와, 부랴부랴 씻고 오후 세 시부터 직장 일을 시작했다. 그때 친정어머니랑 잊지 못할 약속을 했었다. 긴긴 밭이랑에 풀을 매다가 뜨겁고 지치기도 해서 잠깐 그늘에 앉아 쉬는데 얄팍한 마음이 동했다.

"엄마, 엄마는 제가 살아생전에 잘하는 것이 좋아, 돌아가신 다음에 제사상을 잘 차려드리는 것이 좋아? 둘 중의 하나만 골라요."

실은 내가 믿는 종교는 제사상을 차리지 않기에 이를 해결하기 위한 계산된 거래였다. 친정어머니는 숨도 쉬지 않고 "당연히 살아생전에 잘해야지, 죽은 다음에 만한전석을 차려준들 무슨 소용이 있겠냐. 지금처럼만 해주면 더 바랄 것이 없단다. 그것이 효도지…."라고 대답했다.

"엄마, 그럼 엄마 살아생전에 최선을 다할 테니, 돌아가신 뒤에 제삿날 안 왔다고 섭섭해하지 마세요. 엄마 돌아가시면 아버지 제삿날도 안 갈 거야."

"그때는 느그들 맘대로 해라. 어차피 나 죽으면 며느리한테 제사도 없애라 허고 갈란다."

말씀은 선선하게 하셨으나 또박또박 힘이 들어간 것으로 화를 참는 것 같았다. 그래도 나는 나 편한 대로만 생각했다.

어머니와 약속했으니 아이들을 데리고 더 자주 친정에 들러 일을 도와드리고, 외식도 하러 다녔다. 월급을 타면 십일조를 떼서 용돈으로 드렸다. 그런데 아홉 해 만에 그 약속은 지킬 수 없게 되었다. 다섯 시간 거리로 이사를 했기 때문이다. 남편의 사업 부도로 십일조는커녕 용돈도 드리기 힘들어졌다. 어쩌다 한번 찾아가면 몇 푼 드리는 것조차 어려웠다.

친정어머니는 여든아홉 초겨울에 넘어지면서 머리를 다쳐, 뇌 수술을 하고는 어린아이가 돼버렸다. 잠깐 모셨지만 치매가 심해져서 요양병원으로 보내드렸다. 당신이 원해서 가신 것은 아니지만 가족 모두의 힘든 결정이었고 아프게 받아들여야 했다. 자주 면회를 가는 것만이 최선이었다. 막냇동생이랑 언니들은 매주 면회를 갔다. 하나뿐인 아들도 멀리서 한 달에 두세 번은 엄마를 뵈러 갔다. 나는 어쩌다 한번 좋아하시는 음식을 해갔다. 코로나19는 시샘하는지 그것마저도 막고 있다.

혹시라도 목메게 기다리는 자식들이 당신을 버렸다고 생각하실까봐 걱정이다. 귀가 잘 들리지 않으시니 통화도 어렵다. '살아생전에 최선을 다해 효도하겠다.'던 그 약속은 내 머릿속에만 남아있다. 약속해 놓고 내 생활을 핑계 삼아 지키지 못하는 마음이 편할 리 만무다. 참으로 내 맘대로 되는 것이 없다. 그래도 항상 그 자리에 친정어머니가 계셔서 좋다.

"엄마, 엄마가 병원일지라도 그 자리에 계셔서 항상 저희는 힘이 나요. 엄마가 저희 울타리라는 걸 알아주셨으면 좋겠어요. 부디 조금만 더 힘내세요. 코로나19 곧 끝날 테니 바로 달려가겠습니다. 최선을 다해 효도하겠다던 약속 지키지 못해 죄송해요. 사랑합니다."

나는 매일 다른 어머니들을 섬기러 나간다. 모두 치매 어르신들이다. 내 어머니, 아버지라는 생각으로 정성을 다하려 노력한다. 머릿속에만 남아있는 약속은 '어머니'란 이름만 들어도, 올해 아흔여섯 친정어머니 연세만큼 무겁게 가슴이 조여 온다.

[그린에세이 2020.]

엄마 뵈러 가는 날에는

명절을 앞두고 요양병원에 계시는 친정어머니를 뵈러 가기 위해 화장대 앞에 앉았다. 만감이 교차한다. 괜스레 온몸이 쑤시고 아프다. 아마도 마음 한편에 가기 싫은 맘과, 뵙고 싶은 맘이 공존하는 것 같다.

정읍에서 살 때 생각이 났다.

많은 일을 쉴 새 없이 하는 엄마를 돕기 위해 친정에 들르면 엄마는 일손을 멈추고 시내 나가서 맛있는 걸 사 먹고 오자고 하셨다. 딸에게 맛있는 걸 먹이고 싶어 하는 마음을 알기에 외출 준비를 하곤 했다. 나는 귀찮아서 세수를 하고 머리만 대충 빗은 뒤 가방을 들고 엄마를 따라나선다.

"아 야야~, 화장을 하고 나가야지, 그냥 나가면 어쩌누."

"엄마, 이 정도면 나 이쁘지 않아요? 귀찮게 무슨 화장이야. 그냥 갈래요. 어차피 다녀와서 또 일해야 되는디."

"그럼 너는 집에 있거라, 나 혼자 갈란다. 이 에미 체면은 안중에도 없는 딸하고 함께 나가는 거 나도 싫다."

버럭 삐진 척 화를 내셨다. 나는 바로 꼬리를 내리고 화장을 하면서,

"엄마, 제가 그렇게 보기 흉해요? 저는, 엄마 닮아서 세상에서 제일 예쁜 딸인 줄 알았는데."라면서 너스레를 떨곤 했다.

"우리 딸, 이뿌지. 이뿌지만 더 이뻐 보이면 좋잖아. 그르믄 나도 좋고 너도 좋고, 발걸음도 게볍잖아."

항상 엄마랑 길을 나서려면 예쁘게 화장하고 차려입기를 원하셨다. 이런 실랑이를 하는 것이 한두 번이 아니었다. 물론 당신도 머리에 동백기름을 바르고 곱게 빗어 쪽을 찌시고 깨끗하게 옷을 차려입으셨다. 당신 얼굴엔 한 번도 화장을 해본 적이 없으시면서 딸들은 곱게 바르기를 바라셨다.

밖에 나가서 만나는 사람들에게 "우리 집 넷째~ 바쁜 일손을 돕겠다고 왔당게라."라며 인사를 시켰다. 그래서 나는 엄마를 뵈러 가는 날만큼은 더더욱 화장에 신경을 썼다.

다시 거울을 들여다보며 애인이라도 만나러 가는 양, 정성스럽게 눈썹을 그리고 입술을 붉게 발랐다. 무거운 맘으로 남편이 운전하는 차를 타고 요양병원에 도착했다. 야위신 엄마 모습을 뵙기가 힘들다고 남편은 차에 남고 나 혼자만 병실로 올라갔다.

코에 콧줄을 끼워 애처로운 모습으로 양쪽 손이 침대 난간에 묶여있다. 모든 세상이 보기 싫은 양 지그시 눈을 감고 계셨다. 조용히 옆에 앉아 손을 잡으니 초점 없는 눈으로 찬찬히 내 얼굴을 훑어보시고 다시 눈을 감으신다.

"엄마, 내가 누구야?"

"……."

"내가 누구냐구요, 잘 계셨어요?"

항상 집에 가고 싶어 하시는 맘을 알기에 잘 계셨을 리 없지만, 마음에 없는 인사를 했다. 아무 말 없이 눈을 돌려버린다. 옆에 있던 요양보호사가 연변 말투로,

"이 사람 누구야?"

"……."

"모르는 사람이면 가라고 해야지."

"……."

서러운 목울음인지 바른 침만 힘겹게 꿀꺽거리면서 천천히 고개를 돌려 나를 찬찬하게 훑어보신다.

"아이, 왜 이제 왔냐고 한 대 때려줄까?"

요양보호사가 주먹을 쥐고 때리려 하자 그제야 작지만 힘찬 소리로 "때리지 마."라면서 요양보호사를 향해 주먹을 불끈 쥔다.

"왜, 누군데 때리지 말라고 하는데, 모르는 사람이잖아."

"아냐, 내 딸이야. 내 딸…."

"딸 맞아? 이름이 뭔데?"

다시 찬찬히 나를 훑어보신다. 눈을 몇 번 깜박이시더니 "꼭지, 꼭지야."라는데 나를 바라보는 눈물 고인 눈이 몹시 서럽고 아프다. 힘겹게, 가느다란 정신줄로 버티고 계시면서도 나를 잊지 않고 계시다.

그때 밖에서 '깍깍' 까치 소리가 났다. 바로 창문 밖 아카시아, 가는 가지 끝에서 반가운 소식이라도 전하는 양 힘찬 소리로 "깍깍깍 깍깍깍." 창밖을 물끄러미 바라보던 엄마는 푸념을 하신다.

"내가 저 까막까치라도 돼서 날아갈 수만 있어도….."

길게 한숨을 내리쉬면서 눈을 감으셨다. 주르륵 눈물이 흐른다. 항상 데려가 달라고 손가락을 잡고 놓지 않던 손에는 힘이 빠져 있다. 엄마 손을 잡고 힘을 주어 봐도 내 손을 잡을 생각이 없으시다. 그러더니 갑자기 큰 소리로 '끙끙 끙끙' 하면서 앓기 시작하신다. 아마도 날 좀 죽기 전에 데려가라는 시위인 것 같다. 그러면서 자꾸 내 눈치를 살피신다. 요양보호사가

"왜~, 왜 또 끙끙거리는데~ 데려가라고?"

엄마는 힘없는 고개를 보일 듯 말 듯 끄덕이신다.

그 모습을 보면서도 이 못된 딸은, 이런 모습을 보는 것이 안타까워 올라오지도 못하고, 아래 마당에서 기다리고 있는 남편이 자꾸만 신경 쓰인다.

한참을 그렇게 앉아 있다가 돌아오는 길, 남편과 나는 점심때가 훨씬 지났어도 아무것도 목으로 넘길 수가 없다. 어쩔 수 없는 이런 현실이 야속해서 서로 속울음을 삼킬 뿐이다. 남편은 속상한 마음을 애먼 차에 대고 화풀이하듯, 괜히 빵빵거리며 속도를 올려 모든 차를 추월하고 있다. 그 맘 알기에 나는 입을 꼭 다문 채, 굳게 손잡이만 잡고 앉아, 자꾸만 코에 콧줄을 뽑아대니 어쩔 수 없이 묶어놓은 엄마의 손을 생각한다. '내가 부모님께 받았던 사랑 반만 갚을 수 있어도 좋으련만….'

눈가를 훔치는 화장지에 정성스럽게 발랐던 화장이, 진하게 멍든 핏물처럼 묻어난다.

빈 지갑

TV를 보고 있었다.

사회자가 "제일 가슴에 남는 것이 있다면 한 말씀해 주세요."라고 하자 출연자는 울먹이는 소리로 "아버지의 빈 지갑이 생각나요."라고 대답한다.

어느 날 친정집에 갔는데 아버지가 빈 지갑을 보여 주며 "나는 지갑이 비었어. 지갑 좀 채워주라." 하셨단다. 시골집에서 치매 노인이 별로 돈 쓸 일이 없을 것 같고, 가지고 있던 돈도 많지 않아 "아버지, 다음에 와서 꼭 채워 드릴게요." 하고 돌아왔단다. 그 뒤로 다시 가지 못한 사이에 그만 아버지는 먼 길을 떠나셨다며 서럽게 울고 있었다. 그 말을 듣는 순간 가슴이 콱 막혀오며 나도 울어버리고 말았다.

친정어머니가 머리 수술 뒤 혼자 계실 수 없으니 내가 잠깐 모시고 살았다. 잘 걷지 못하실 때가 오히려 모시기가 편했다. 부축해서 마당 한 바퀴 돌거나 여러 번 쉬면서 뒷동네 약수터만 가도 무척 좋아하셨다. 어머니가 조금씩 건강이 좋아지시고 혼자서 걷게 되면서부터 매일 고향에 가실 생각만 하셨다. 90 평생을 살았던 곳이니 얼마나 그리웠

으랴.

엄마와 나의 전쟁이 시작되었다.

내가 잠깐 집안일을 하는 동안 당신 소지품이 들어있는 배낭을 둘러메고 사라지곤 했다. 혼자라도 고향집에 가겠다며 지나가는 사람들을 붙잡고 버스 터미널을 물어물어 찾아가시는 거다. 여러 번 길거리에서 찾아내도 막무가내 터미널을 향해 걸어가셨다. 울고 싶어 속이 답답해도 고집이 센 엄마가 지칠 때까지 따라가는 수밖에 없었다. 여름 땡볕 아래 땀을 뻘뻘 흘리며 걷다가 지치면 길거리에 주저앉아 대성통곡을 하며 "어쩌다가 내가 이렇게 되었는고~ 죽어야지… 아이고 못 살겠네….."라는 엄마를 끌어안고 엄마도 나도 울곤 했다.

남편에게 전화를 걸어 장소를 알려주면 일을 하다 말고 데리러 왔다. 엄마는 고향집에 가시겠다고 떼를 쓰며 차에 타지 않겠다고 하셨다. 남편은 고향집에 모시다 드리겠다며 살살 달래고 얼러서 차에 태우고 돌아와서는 "엄마, 오늘은 늦어서 못가요. 내일 날 밝으면 모시고 갈게요. 오늘은 저랑 소주나 한잔 하시자구요." 술을 따라 드리며 사정을 하곤 했다. 그런 엄마에게 더더욱 지갑을 채워 줄 수가 없었다.

엄마 지갑은 항상 두둑했었다. 장롱 속 깊이 돈을 숨겨놓고 일을 나갈 때마다 그날 사용할 인건비에 조금 더 보태서 가지고 나가셨다. 점심을 시켜 먹기 위함이다. 일하다 말고 내게 전화를 걸어 몇 사람이니 밥을 시켜달라고 하신다. 강원도 철원에 사는 내가, 전북 진안 식당에 전화를 걸어 점심을 시켜드리곤 했다. 혹시라도 돈이 백만 원 아래로 떨어지면 은행에 가서 찾아다 채워놓아야 맘이 든든하다 시던 엄마의 지갑은 항상 두둑하셨던 거다.

늘 지갑에 돈을 든든히 채우고 살던 어머니가, 이만 원이 들어 있는 지갑은 빈 지갑이나 다름없었을 거다. 엄마가 지갑을 열어보면 얼마나 속이 허전하실지 잘 알고 있었다. 그래도 엄마는 배포가 커서, 돈이 있으면 어디서든 택시라도 타고 가실 분임을 알기에 더욱 지갑을 채워드릴 수가 없었다.

손자녀들한테 용돈 주는 걸 좋아하는 엄마는 그 없는 돈도 증손녀들 용돈으로 아낌없이 나눠 주곤 하셨다. 그리고 내게 지갑을 열어서 보이며 "아야, 내가 지갑이 비어 있으니 기운이 없다. 나도 돈 쓸 곳이 많은디…." 그럼 나는 만 원 한 장에 천 원짜리를 넣어 이만 원 정도만 채워드렸다. 그러면 오만 원짜리를 한 장만 더 주라고 사정하시는 데 드릴 수가 없었다. 보나마나 택시를 잡아타고 고향에 가실 걸 알기에 더욱 마음이 아팠다.

어느 날, 링거 대신 피로회복제를 몇 개 사서 드시게 하고, 약과 함께 챙겨 쌍둥이 손녀들을 데리고 고향집에 갔었다. 철원에서 출발해 엄마가 피곤하지 않도록 휴게소마다 들러서 쉬었다 가다 보니 어둑할 때쯤 진안 고향집에 도착했다. 꼬박 여덟 시간이나 걸렸으니 많이 피곤하셨을 거였다.

내 팔을 꽉 잡고 "아야 여그는 무섭다. 가자." 빈집에 들어서려니 무서웠나 보다. 그렇게 두 밤 자고 돌아와선 꼭 두 달 조용했다. 그리고는 또다시 고향집엘 가신다며 터미널을 찾아가기 시작하셨다. 다행인 것은 철원에서 진안 가는 버스가 없으니 표를 살 수 없으면 그곳에

넋을 놓고 앉아계셨다. 그럼 포기하고 순순히 내 차에 타니 모시고 돌아오기가 쉬웠다. 그러면서 돈을 감추기 시작하셨다. 택시를 타려고 모으기 시작하신 거였다.

그해 추석 무렵 그동안 모아놓은 용돈을 증손녀들과 손주 며느리한테 나눠주며 "잘 지내고 있어라. 내가 얼릉 다녀올게."라면서 요양원으로 떠나가신 뒤로 한 번도 나오지 못하고 돌아가셨다.

나는 엄마랑 속이 뻥 뚫리도록 시원한 동해 바다도 가보고 싶고, 고향집에도 가보고 싶었다. 하지만 그것은 내 생각일 뿐 생활은 그런 여유를 주지 못했다. 병원에서 엄마가 나오려 하지 않았기 때문이기도 했지만, 코로나19 팬데믹이 기회를 막아버렸기 때문이다.

동생과 통화하면서 엄마의 빈 지갑 이야기를 했다.

"언니, 그때는 그게 최선이었잖아. 마음 아파하지 마. 그래도 엄마는 그때가 제일 행복했다는 거 알아. 쌍둥이가 엄마를 많이 즐겁게 해줬으니까."라는 동생의 말이 조금은 위로가 된다.

그렇지만 엄마의 빈 지갑은 아직도 내 눈앞에서 입을 벌리고 있다. 바짝 말라 가녀리고 기운이 없어 벌벌 떨리는 엄마의 손가락 사이로….

"엄마, 다음 생에도 엄마 딸로 태어나서, 지갑이 가득하도록 용돈 채워 드릴게요. 엄마를 사랑했기에 지갑을 채워 드리지 못했던 거 대단히 죄송합니다."

[한내문학 2022.]

엄마 코에 콧줄을 빼다

꽃밭에서 어슬렁거리며 방앗잎을 찾고 있는데 자꾸 히죽히죽 웃음이 나온다.

작년까지만 해도 그 많던 방앗잎이 올해는 늘어난 꽃모종에 치여서 사라진 것 같아 안타깝다. 장떡을 만들기 위해 간신히 한주먹을 뜯었다. 양이 적은 것 같아 뒤뜰로 나가 쑥도 머리채만 잡고 한주먹을 뜯었다. 흐뭇하다.

며칠 전, 엄마가 코에 꽂은 콧줄을 제거했다는 소식을 들었다. 얼마 전에 전화로 "돈 많이 벌었으면 고기랑 소주 한 병 사 와라." 라던 말씀이 생각났다. 일이 끝나자마자 '쇠고기 야채죽'을 사서 부랴부랴 달려갔다. 나를 보자마자

"아이고 숙자 아니냐? 바쁜디 직장은 어쩌고 여글 왔냐." 아마도 오늘이 목요일인 걸 알고 계시는 것이 아닌가 싶다. 혹시라도 부산 동생인 줄 아는가 싶어서 "엄마, 제가 누군지 아세요?"라고 물었다.

"알지. 니가 셋째냐~ 넷째냐? 내 딸이잖여. 꼭지~ 꼭지 맞지?" 하신다. 나를 분명히 알아보신다. 옆에서 보고 있던 간병사가 "누군데~,

가라고 할까? 모르는 사람이잖아."

"아냐 내 딸 맞아, 야가 그려도 옆에 살아서 제일 애쓰고 있어. 어느 놈이 디다보기나 혀, 직장들 다니느라 바빠서… 저그들 살기도 힘든디."

양심이 찔린다. 실은 내가 제일 엄마를 찾지 못하기 때문이다. 이야기를 듣다 보니 지금 엄마의 기억은 15, 6년 전 내가 정읍에 살 때로 돌아가 있는 것 같다. 가져간 죽을 열어 떠먹여 드리니 쩝쩝거리며 맛있게 드신다. 너무 드리면 안 될 것 같아 걱정되었다.

"혼자만 먹지 말고 나도 좀 줘봐."라는 간병인에게 "야한테 달라고 혀. 원래 야는 죽을 맛나게 잘 쒀. 엊그제는 죽을 쒀서 동네 여자들 다 불러다 먹였잖아. 기냥 맛나다고 난리들이었어."

15년도 더 된 이야기다. 그때 가끔 팥죽, 호박죽, 전복죽을 솥단지로 하나씩 끓여서 앞집 뒷집 아줌마들을 불러다 나눠 먹던 그 시절 이야기를 어제 일처럼 말씀하신 거다.

혹여라도 탈이 날까 봐 더 드리지 못하고 뚜껑을 덮고 앉아 있는데, 혼잣말처럼 '방애가 어쩌고저쩌고' 하신다.

"엄마 방아가 드시고 싶어요?"

"바쁜디 언제 허겄냐. 너도 많이 바쁘잖아."

"아니요, 방아에다 된장 고추장 넣고 풋고추도 넣어서 부칠까요?"

"힘들게 뭔 고추를 넣어. 저만 부쳐도 맛나잖어."

정말 많이 드시고 싶은 것 같았다. 주말에 오겠다고 약속을 하고 떠나왔다. 서둘러서 방아 장떡을 만들고 쑥 부침도 했다. 막걸리도 한

병 사다가 작은 보온병에 담았다. 친구가 함께 가자고 전화를 했다. 병실에 들어서는데 여전히 반갑게 "바쁜디 어쩐일이냐." 하시곤 내 딸이라며 자랑스럽게 간병사를 바라보신다. 내 친구를 정읍에 살던 사무실 직원으로 생각하시는 것 같았다. "아이고 여기까지 오느라 애썼시오. 이리 앉아요." 하며 침대 옆 의자를 가리킨다.

장떡을 꺼내놓으니 간병사에게 오른손을 내밀며 "장갑 끼워 줘." 하신다. 일회용 장갑을 끼워 드리자 "맛나다."를 연발하시면서 옆 사람들도 먹으라고 권한다. 막걸리도 빨대를 꽂아 드리니 쪽쪽 맛있게 드신다. 보고 있는 나는 기분이 좋아 눈물이 났다. '이렇게 드시고 싶은 걸 두 해가 넘도록 어찌 참고 사셨을까.' 가슴이 미어지게 아프다. 그동안 얼마나 사신다고 콧줄을 끼워 놓고, 드시고 싶은 것도 못 드시게 한다고 원망도 많이 했었다.

그런데 이렇게 코에 콧줄을 빼고 맛있게 드시는 모습을 보다니, 마음이 조금은 풀어지는 것 같았다. 좋아하시던 음식을 자주 만들어 찾아뵈어야겠다. 엄마가 요양병원에 입원하고 처음으로, 돌아오는 길이 많이 홀가분하고 편안했다.

발인(發靷)

반듯하게 누우신 모습이 참으로 곱다. 세상의 모든 시름을 내려놓은 듯 표정이 매우 편안하고 해맑기까지 하다.

담담한 마음으로 목울음을 삼키며 기다리고 있던 우리 모두는, 휘장이 걷히는 순간 눈물이 뚝 멈춰졌다. 오히려 안도하는 마음이랄까. 침착하게 가라앉는 것 같았다.

장례지도사의 안내에 따라 아침 여섯 시에 지상에 계시는 동안, 마지막 상이라며 거하게 제사상이 차려졌다. 엄마의 신이었던 아들부터 술을 올리고 교주인 며느리와 함께 두 번 절을 했다. 일흔 후반에 찍어 놨던 영정 사진은 잔잔한 미소로 아들을 내려다보는 것 같았다.

눈가에만 살짝 주름이 지어진 얼굴은 젊고 곱다. 두 달 전에 뵈었던 모습과는 전혀 다른 모습이다. 이어서 큰딸부터 여섯째딸까지 부부 동반으로 술을 올리고 절을 했다. 느낌인지 엄마는 계속 오매불망 아들만 바라보신다는 생각이 들었다.

다음엔 손자들 그리고 손녀들의 절을 받았다. 이렇게 온 가족의 절을 한자리에서 받아보는 것은 팔순 잔치 이후로 처음일 거다. 마음은 무겁고 지나간 세월 중에서도 아쉬웠던 일들이 머릿속을 뒤흔들고 있어, 소리 없는 눈물만 아프게, 발등을 내리찍었다. 큰소리로 곡을 해야 엄마가 더 좋은 곳으로 간다며 장례지도사는 우리 모두에게 곡을 시키고 합동으로 절을 시켰다. 그리고 입관실로 가기 위해, 영정 사진과 위패를 모시고 줄을 세웠다.

2층에서 지하실까지 걸어가는 내내 누구도 말하는 이가 없다. 모두 속울음을 꾹꾹 누르고 있어 간간이 짧은 외마디 울음소리가 들릴 뿐이다. 내 옆 동생 눈에서도 유리구슬 같은 방울만 뚝뚝 떨어뜨리고 있어 진한 아픔이 전해져왔다. 남편은 내가 쓰러지기라도 할까 노심초사 내 손을 꼭 잡고 자꾸만 토닥거렸다.

착잡한 심정으로 조금 앉아 있으니 축관이라는 분이 나와서 자기소개를 하고 휘장이 양옆으로 열렸다. 순간 마음이 가라앉았다. 반듯하게 누워있는 엄마의 모습이 참으로 곱고 예뻤다. 평소 엄마의 취지를 받들어 얼굴에 화장은 하지 않고 오일만 발랐다는 설명이다. 살아생전 냄새가 싫다며 로션 한번 발라본 적 없는 얼굴이다. 염하는 분들은 그런 사실을 어떻게 알고 화장품 사용을 하지 않는지 고맙게 느껴졌다. 수의도 당신이 직접 짜서 만들어 놓았던 옷은 너무 오래되어 입히지 못하고 관속에 깔아드리고, 새 옷을 입혀 드렸다는 설명이다.

축관은 다음 단계로 넘어갈 때마다 자세한 설명을 통해 궁금증을 해소시켜 줬다. 그리고 차례대로 돌면서 고인의 머리를 만지며 소원을 빌라고 했다. 나는 '그동안 고생했으니 모든 짐을 내려놓고 편안히 좋은 곳으로 가세요.'라고 기원했다.

다음, 엄마는 당신이 손수 만든 수의 위에 수북이 깔린, 하얀 국화꽃을 깔고 누이셨다. 환하게 웃는 얼굴이 '모든 걱정은 내가 지고 갈 테니 너희들은 편안하거라.'고 말씀하는 것 같았다. 우리는 돌아가면서 꽃을 올려드렸다. 밤새 엄마에게 하고 싶었던 말을, 편지로 써서 달라고 하더니 그 편지도 엄마의 품속에 넣어드렸다. 그리고 당신이 살아생전 준비해서 수의 속에 넣어 두었던 천수다라니경과 탑 다라니경을 덮고, 왕관 모양으로 장식을 한 다음 관 뚜껑을 닫았다.

자손들이 큰 소리로 곡을 한 뒤, 다비식장으로 가서 한 줌 재가 되어 항아리에 담긴 채, 평생 신처럼 섬기다시피 해바라기 하던 외아들 품에 안기어 아버지 옆에 영원한 안식의 자리를 잡았다.

'아흔일곱' 해 당신의 삶은 일제 강점기, 한국전쟁, 보릿고개, 새마을 운동까지 거쳐, 우리가 이렇게 잘살게 되기까지 살아있는 역사가 사라지는 순간이다.

이번 일을 치르면서 49재에 대해서 정확히 알게 되었다. 그동안 사람이 태어나서 일곱이레를 왜 차려주는지도 몰랐고, 사람이 돌아가신 뒤에 왜 49재를 지내는지 의미를 생각해 본 적도 없었다. 그냥 남들이 그렇게 하니까 하는 건가 보다 생각했었다. 그런데 그것이 아니라 큰 의미가 있었다.

7층 탑 다라니경은 불교에서 저승으로 가는 일곱 관문을 의미하는데, 한 개 문을 통과할 때마다 이레가 걸린다고 한다. 그것도 이승에 남아있는 사람들이 정성을 다해 기원하고 복을 빌어줘야 통과하는 문이란다. 그렇게 일곱 관문을 통과하는 데 걸리는 시간이 49일이라고 하니 저승 가는 길도 만만치 않은 길인 것 같다.

　우리는 마침 불교를 믿는 언니가 있어 49일 기도는 매주 직접 해주기로 했다. 물론 절에 돈 주고 맡기기도 했지만 직접 정성을 다하겠다는 자식이 있으니, 불공드리는 것을 낙으로 알고 살던 엄마가 좋아하실 것 같아 마음에 위안이 되기도 했다.

　이 글을 쓰면서 문득 동생들이 태어날 때마다 일곱이레를 윗목에 수수 팥단자와 미역국을 차려 놓았던 모습이 생각났다. 엄마는 간절한 마음으로 두 손 모아 기원하고 소지를 태우며, 마지막 불씨까지 하늘로 띄워 보내며 허리를 굽혀 절을 했었다. 아마도 살아가는 날 동안 자식들이 무탈하고 평탄하게 그리고 건강하기를 기원하며, 일곱 관문을 통해 정성이 하늘에 닿기를 간절히 바랐을 것이다. 그런데 나는 어머니가 돌아가신 뒤에 49일을 위한 단 일곱 번의 기원마저도 못해 드리는 것이 그저 죄스러울 뿐이다.

　"엄마! 무지무지 사랑합니다. 그리고 문득문득 보고 싶어 눈물이 납니다."

[사임당문학 2022.]

병아리 동생

여자가 셋이 모이면 접시가 깨진다는데 네 여자가 모였다. 접시가 정말 깨질까.

요즘 요양보호사 시험을 보려고 등록을 했다. 교실에서 강의를 들을 때는 모두 얼굴을 익히느라 그런지 아주 얌전했다. 매일 간식을 챙겨와서 사이좋게 나눠 먹고, 말없이 앉아 있다가 수업이 끝나면 돌아가기 바빴다. 강의 시간이 모두 끝나고 현장 실습을 가게 됐다. 조를 짜고 또 자동차별로 나누다 보니 우리 차에는 네 여자가 타게 되었다.

동송에서 동온동 요양시설까지는 반 시간 정도 걸린다. 일단 시내를 돌아 모두 차에 태우고 나면 누구랄 것도 없이 수다가 시작된다. 도시락 반찬부터 시작해 이런저런 잡다한 이야기들이다. 꼭 필요한 이야기 같기도 하고 아닌 것 같기도 한 이야기지만 끊임없이 샘솟는 이야기가 끝나기 전에 몇 번 웃다가 보면 시설에 도착한다.

한 언니가 도시락 반찬 이야기를 하다가 "나 오늘 뭘 싸 왔는지 알아?" 갑자기 조용해지고 '뭔데 그러지?' 하는 표정들이다.

"옛날에 기차 안에서 팔던 거 있잖나. 그거."

"······."

"뼈 없는 통닭 팔아요~. 따끈~따끈한 통닭이요~."

그 언니가 구성진 목소리로 기차 안에서 행거를 밀며 계란 팔던 아저씨 흉내를 낸다. 좁은 차 안은 웃음바다가 된다.

"언니 달걀 삶아왔구나."

"털 없는 통닭도 있어요~."

"그러니까 계란 맞잖아."

"먹어봐요. 먹어보고 말해요~. 병아리 동생 팔아요~."

아주 능청스럽게 언니는 그 옛날 기차 안에서 행거를 밀며 달걀을 팔던 아저씨 흉내를 내고 있는 거다. 그 목소리가 완행열차 안에서 듣던 바로 그 소리인데 어찌나 구수하게 흉내를 잘 내던지 배꼽이 빠질 지경이다. 아마도 접시가 옆에 있었으면 여러 개 깨지고도 남았을 거다.

그 언니, 칠십 년도 초반 열여섯 살이 되던 해 기차를 처음 탔다고 한다. 그런데 그 계란 파는 아저씨 목소리가 어찌나 독특하고 '뼈 없는 통닭'이라는 처음 듣는 말에 귀가 솔깃했단다. 지금은 뼈 없는 닭고기가 흔하지만 사십 년 전만 해도 튀김 닭도 귀하던 시절 아니던가.

그런데 그 아저씨 '털 없는 통닭이요.' 하는 말에 궁금증이 더해 갔단다. 우리는 웃기 바빠 죽겠는데 그 언니, "퀴즈 하나 맞춰봐" 한다.

"병아리 동생이 누군지 아나? 나는 세상에 그런 말을 처음 들어봤잖아."

나는 알고 있어도 선뜻 말하지 않았다. 그저 재미있어서 그 언니 목소리를 따라 하면서 깔깔거리는 사이 시설에 도착했다.

와수리에서 오신 언니가 까만 비닐봉지를 내밀며

"나 오늘 유정란 삶아 왔다. 있다가 맛있게 먹을려고…."

"뼈 없는 통닭 팔아요~."

내가 언니 말을 흉내 내자 와수리 언니,

"통닭 튀겨 올 걸 그랬나?"

"병아리 동생 팔아요~."

우리는 다시 박장대소다.

누구는 너무 웃어서 허리가 끊어졌단다. 나는 배꼽은 지켰는데 배가 아프다.

비록 접시는 깨지 못했어도 우리는 그렇게 한바탕 소동을 벌이고 웃으면서 아침 운동 다 해버렸다. 웃으면서 시작하는 하루는 유쾌하고 시원했다.

시설 넓은 곳을 청소하다가 힘들 때면 "병아리 동생~" 하고 누군가 외치면 새 힘이 솟았다.

점심시간이 되어 털을 뽑지 않아도 되는, 뼈 없는 병아리 동생은 유난히 맛있었다.

그렇게 깔깔거리며 참여하다 보니 일주일 실습이 아쉽게 끝나버렸다. 과연 여자들은 수다가 접시를 깰 수 있을 만큼 충전이 되는 힘이라는 걸 새삼 깨닫는다.

2부 | 마법상자

참새농장

봄을 기다리던 남편은 마음이 급했나 보다.

"병아리 떼 종종종 봄나들이 갑니다."

어린 강아지들이 부르는 노랫소리를 듣고 있다가 인터넷을 뒤지기 시작했다.

며칠 뒤 달걀 스무 개가 배달되어 왔다. 택배비까지 사만 오천 원이나 줬다고 한다. 봉이 김선달이 봉황이라고 속여 팔았던 봉계라고 했다. 부화기도 없는데 어찌하려고….

남편이 달걀을 들고 나가더니 와수리 친구네 농장에 맡기고 왔다고 했다. 한 달여 남짓이 지났을까? 노란 병아리 아홉 마리를 들고 들어왔다. 어미도 없이 그걸 어떻게 키우려고 그러는지 걱정이 되었다.

나의 귀여운 강아지들은 병아리를 보더니 신이 나서 난리법석이다. 만지자니 두렵고, 보고 있자니 감질이 나는지 연신 손가락으로 가리키며 '꺅~ 꺅' 소리만 질러대더니 어느 순간 한 마리씩 만져보기도 한다. 이 모습을 보고 있던 남편은 더 신나라 하더니 망치 들고 나갔다. 뚝딱 뚝딱 담장 밑에 네모반듯하게 닭장을 만들고 춥지 말라고 비닐로 둘러

쳐서 보온까지 신경을 썼다. 그 주위로 울타리까지 크게 쳐 주니 커다란 농장이 생겼다.

갓 태어난 병아리들은 그곳을 뛰어다니며 제법 '삐약'거리며 봄이 왔음을 확실하게 알려줬다. 아직은 바람이 차니 춥다면서 내 귀여운 강아지들은 무릎 덮개까지 가져다 깔아주고 며느리는 방앗간에 가서 왕겨를 얻어 와서 깔아줬다. 방관자인 나는 그 모습들을 바라보면서 더 많이 행복했다. 그런데 이게 웬일인가. 고양이 녀석이 나타나서 사정없이 한 마리씩 물어가는 것이다.

남편은 다시 울타리를 높이고 담장 옆에는 가시울타리를 쳐서 고양이가 뛰어 내리지 못하도록 했다. 모이통도 자동시설로 바꿔주고 정성스럽게 물도 잘 챙겨줬다. 정성이 지나쳤는지 어느 날 병아리가 물에 빠져 죽었다. 다시 물통도 바꿔줬다. 녀석들은 하루하루 열심히 '삐약'거리며 건강하게 모든 가족의 관심과 사랑 속에 잘 자랐다.

덩치는 참새보다 크건만… 어느 날부턴가 참새들이 찾아와 먹이통에 내려앉아 먹이를 먹고 날아가기 시작했다. 그러던 녀석들이 한두 마리 먹이통에 자리 잡고 살기 시작하더니 떼로 날아와서 먹이를 먹고, 얌체같이 먹이통에 앉아서 모래 목욕까지 하는 것이 아닌가. 그래도 병아리들은 쫓을 생각도 하지 않고 함께 놀고 있었다. 아예 참새 녀석들도 날아갈 생각도 않고 닭장 안에다 살림을 차렸다. 우리는 손도 대지 않고 자연스럽게 참새농장이 생겼다.

병아리들은 날로 덩치가 커가면서도 여전히 참새들을 쫓아낼 생각도 못 하고 함께 어울리고 있었다. 얼추 닭이 되어가는 병아리들이 먹이를 먹고 있어도 뻔뻔하게 모이통에서 모래 목욕을 즐기던 참새 녀석들은 아예 제집인 양 갓 부화한 새끼참새들까지 데리고 와서 닭장에 풀어놓았다.

평상에서 그 모습을 지켜보던 친정어머니만 애면글면 애가 단다.

"아휴~ 아까워서 저걸 어쩌냐, 참새가 닭 모이 다 먹어 버린다. 아야~, 마흔 마리가 더 되는구만~. 저 저, 저놈들은 가만히나 먹고 가지, 모이는 왜 저리 휘저어서 밖으로 다 뿌리고 난리다냐."

애를 태우다가도 노랑 병아리가 하얗게 변해가는 모습을 보시며, 내 손녀들보다 더 많은 사랑과 관심을 쏟으셨다. 여전히 참새 숫자를 세면서도 쫓지는 않으셨다.

그렇게 우리 집에는 하얀 봉계 몇 마리와 참새 몇십 마리가 함께 사는 어엿한 농장을 갖게 되었다. 요즘은 가을이라 들판에 먹을 것이 많아 몇 마리만 농장을 지키고 있다. 이제 찬 바람이 불고 추워지면 또 쉽게 먹이를 구할 수 있는 닭장으로 자연스럽게 돌아올 그 녀석들도 당연히 우리 농장 식구들이다.

오늘도 여전히 동트는 새벽부터 재잘거리며 먹이통에서 모래 목욕을 하는 참새 녀석들이 싫지 않다. 참새들이 재잘대는 시끄러운 소리를 들으며 눈을 뜨는 나는 행복감을 느낀다. 세상에 하나뿐인 참새농장을 갖고 있는 우리는 부자다.

마법상자

좁다.

엉덩이만 몇 번 돌리면 모든 것이 손안에 있다.

게을러지기 딱 좋은 곳이다. 그런데 그곳을 찾는 이들은 마음을 치유했다 하고, 평화를 찾았다고도 한다. 나도 그렇다.

빚보증 두 번에 쫄딱 망하고 꼭 12년 만이다. 제일 싼 땅을 찾아다니다가 원하는 곳을 찾았다.

전날 밤 꿈속에, 맑은 물에 뱀이 두 마리가 떠 있었다. 통통한 것이 귀엽게 생겼는데, 눈을 꼭 감고 있어 무섭지 않았다. 보고 있자니 한 마리가 슬그머니 눈을 크게 뜨고 헤엄을 쳐왔다. 꿈을 잘 꾸지 않는 나는 누구네 집 태몽인 줄 알았다. 동생이 인터넷 검색을 하더니 재물이 들어올 거라고 했다.

그날, 손녀를 데려다주러 보령을 가면서 고속도로를 달리지 않고 지방도로를 따라 경치를 즐기며 여유를 부렸다. 예당지 옆을 지나는데 한겨울 풍경에 빠져들고 있었다. 마침 남자 둘이 길가에 나와 커피를 마시고 있어 차를 세우고 후진으로 다가갔다.

"혹시 땅도 소개하나요?"

고개를 까딱하고 대뜸 묻는 나를 한참 바라보더니 옆 건물 사무실로 들어오라고 했다. 그중 한 사람이 부동산 사장이었다. 처음 가본 곳에서 그렇게 마음에 드는 땅을 샀다. 평택에 사는 아들네와 보령 딸네 집 중간이니 더 마음에 쏙 들었다. 우리가 가지고 있는 돈과 맞아떨어져서 남편도 맘에 들어 했다.

서둘러 잔금을 치르고 싸구려 중고 컨테이너를 갖다 났다. 가등기를 한 후 수도와 전기시설도 했다. 코로나 여파로 남편은 계속 급여를 받지 못하고 있어 우리가 할 수 있는 최선을 다하고 있는 거였다. 5월 말인데도 컨테이너 안은 너무나 추웠다. 그래도 남편은 전기장판을 깔고 난로를 놓았다. 이부자리와 부탄가스 버너 하나 놓고, 주말이면 그곳을 찾았다. 할 수 없이 전자레인지와 작은 냉장고까지 들여놓았다.

유월이 지나고 칠월이 되니 낮에는 숨 막히게 덥고, 밤에는 덜덜 떨릴 정도로 추웠다. 그때 알았다. 컨테이너가 얇은 철판 상자라는 것을…. 급여를 받을 때마다 한 가지씩 개선해 나갔다. 먼저 지붕을 두껍게 다시 얹으니 한낮에 조금 시원해졌다. 그다음은 벽을 뜯어내고 스티로폼을 넣은 다음, 석고 보드를 바른 뒤 도배를 했다. 바깥벽에도 스티로폼을 대고 50밀리 판넬을 덧대고 유리창도 이중으로 설치했다. 바닥에도 전기 판넬을 깔았다. 안에다 화장실을 설치하고 싱크대까지 놓았다. 옷장은 벽에 매달고 아래에다 에어컨을 설치하니 자리가 딱이다. 그 아래 침대 매트를 놓으니 제법 넓어 보였다.

이렇듯 주말마다 컨테이너는 달라져 가고 있었다. 그렇게 시월 어느 날, 직장에 다니는 나 대신 남편은 마당에 캐노피(만들어진 천막 창고)를 설치하고 이삿짐을 날랐다. 모두 폐기하고 옷가지와 책만 가지고 왔어도 여섯 평 창고를 가득 채웠다.

그 사이 마당을 정리하러 왔던 포크레인 기사는 이곳의 경치가 마음에 든다면서 우리 집 앞에 땅을 사서 집까지 지었다. 옆에 있는 밭도 다른 분이 사서 집을 짓기 시작했다.

그들은 우리의 작은 컨테이너 상자 안에 들러서 차도 마시고, 때로는 고기를 구워 소주도 한 잔씩 하다 보니 그곳이 사랑방이 되어 버렸다. 남편 혼자 지내고 있으니 남자들 아지트로는 딱 좋은 모양이다. 고만고만한 나이에 귀촌한 사람들이다 보니 금방 친해졌다. 거점이 생겼으니 오다 들르고, 가다 들르고, 일부러 들르고, 함께 밥도 차려 먹고, 자고 가기도 한다. 그곳에선 40인치 TV도 극장판 화면 같다고 한다.

남자들, 충청도 특유의 사투리를 써가며 하는 말.

"이곳은 마법상자여. 말만 하믄 없는 것이 없구만유~."

"아마 우렁각시가 파랑샌가벼~ 마음까지 치유가 되는 걸 보면유~."

쓰레기도 창문을 열고 툭 떨어뜨리면 쓰레기 봉지 안으로 예쁘게 쏙 들어간다.

게을러지기 딱 좋은데 마음은 한없이 편해서, 그 어떤 호텔보다 좋다고 말하는 걸 보면, 마법이 존재하긴 하나 보다.

이제 이곳에 우리 집만 지으면 된다.

남자들은, 그 작은 상자는 계속 사랑채로 남겨두라고 한다.

나는 한 주일에 한 번 들러, 작은 냉장고가 터지도록 채워 놓는다. 술은 방문객들이 가끔 들고 온다 하니 차와 반찬거리만 준비해 가서, 한두 가지 만들어 놓으면 알아서 잘 '요리조리' 해서 먹는다고 한다.

오늘도 그 남자들 옆집을 짓다 말고 모여서, 컴퓨터로 내가 살 집을 지었다 부셨다 하며 그림을 그리고 있단다. 행복한 노후를 보낼 파라다이스를 꿈꾸는 그 시간이 제일 행복하다면서….

"여보, 그리고 남편들, 행복하다 하시니 열심히 그리세요. 그중에 한 채, 제가 신중하게 골라 드릴게요. 그런 다음 마법상자는 영원히 사랑채로 남겨드릴 것을 약속합니다."

말만 듣고 생각만 해도 그 모습이 참으로 보기 좋아 나도 행복하다.

[그린에세이 2022.]

마트료시카를 닮은 나

남편의 핸드폰에 저장된 내 이름은 '러시아 인형'이다.

처음 만났을 때는 바비, 다음은 뚱뚱한 바비, 그리고 어느 날부턴가 피오나 공주였다.

지인들과 차를 나누는 중에 남편 폰에 자신을 뭐라 저장했는지에 관해 화제가 옮겨졌다. 그중에 한 지인은 "그래도 언니는 러시아 인형이라고 저장되어 있던데. 그게 어디야."라면서 남편 폰에 내가 '러시아 인형'이라고 저장되어 있다고 한다.

집에 와서 남편의 핸드폰을 확인하니 언제 바뀌었는지 진짜 그랬다. 집으로 돌아간 지인들도 그게 궁금해서 남편 핸드폰을 들고 전화를 걸어봤단다. 누구는 '거기' 또 누구는 아이 이름을 따서 '누구 엄마' 아님, 그냥 이름으로 저장이 되어있었다고 했다. 가장 우리를 웃게 했던 이름은 '전생에 웬수'라고 저장이 돼 있어서 본인도 남편을 '영원한 웬수'라고 저장했다며 씁쓸하게 웃는다.

이번에는 우리가 자신의 남편은 무엇으로 저장했나에 화제가 옮겨 갔다. 보통은 '누구 아빠' '그이' '남편' 한 사람은 '술 먹은 꼴통'을 줄여서 '술통'이라고 지칭한 사람도 있다. 그리고 그냥 이름을 저장한 사람도 있고 또 다른 한 사람은 너무 많이 속을 썩여서 '그넘'이라고 저장했다면서 내게만 살짝 폰을 열어 보여 준다. 내 핸드폰 속의 남편은 '내모시기'다. 전라도 말로 '내 사람'이라는 뜻이다. 거시기는 장소나 사물을 가리키는데 모시기는 사람을 가리키는 말이다.

서울에서 일하고 있는 남편에게서 전화가 왔다. 거나하게 취한 듯 목소리가 걸쭉하다.

"마트료시카, 러시아 인형 뭐해?"

"뭐하긴, 인형의 집 잘 지키고 있지."

"여보 기분 나쁜 거 아니지? 인터넷을 찾아봐. 참 좋은 뜻이야."

미안한 듯 너스레를 떨며 변명을 늘어놓는다. "내가 당신이 싫거나 정이 없으면 감히 그런 이름을 붙여 줬겠어? 바보." 혀가 꼬여 있어도 기분은 좋아 보인다. 나도 '러시아 인형'이라는 별호가 싫진 않다.

나는 남편에게 문자를 보내면서 제일 아래 '바비 사촌 인형'이라고 써서 보냈다. 바로 전화가 왔다.

"쿡쿡쿡, 어딜 봐서 바비 사촌씩이냐. 옆구리 살이라도 빼고 말하던지."

"옆구리 살이 없어지면 안 되지. 그럼 러시아 인형은 어떡하구. 그것도 특색을 갖춘 인기 있는 인형인데~."

환갑을 맞이한 이 나이에 바비면 어떻고 러시아 인형이면 어떤가. 평생 남편 핸드폰 속에 내 이름은 인형 아니면 공주인 것을….

나는 오늘도 혼자 남아 기다림 가득한 마음으로, 아이들이 모두 떠나고 텅 비어버린 인형의 집을 지키고 있다. 혼자 있는 것을 못내 안쓰러워하는 남편에게서 톡이 왔다. 제목은 '러시아 인형'이라는 시다.

> 젊을 때는 제법 아담하고 예뻤다
> 　(생략)
> 러시아엔 다녀온 적도 없는데
> 날이 갈수록 뚜껑을 열고 끄집어내면
> 똑같은 몸매가 계속 나오는 인형
> 다산과 풍요의 뜻을 담은 '마트료시카'를 닮아 간다.
>
> 저 인형 몸매 바비로 만들어 줄 분 있으면
> 조각칼은 비싼 걸로 제가 사 드리겠습니다.

웃어야 하나 울어야 하나. 그래도 기분이 크게 나쁘진 않다. 바로 답장을 썼다.

"여보 당신 시 잘 썼어."

"그래? 그 거짓말 진짜야?"

"그럼 그럼, 나도 보는 눈이 있는데. 러시아 인형 남편도 마트료시카겠지? 그럼 조각칼 필요하겠네. 아주 비싼 걸로 준비할게."

"앵~? 우이씨."

아이구나. 속 좁은 복수를 하고 나니 시원한 웃음이 절로 나온다.

후리지아와 생강나무꽃

 며칠 동안 황사와 미세먼지로 하늘을 덮어 우중충하고 추웠는데 날
이 활짝 개었다.

 찬바람과 상관없이 밖으로 나오라고 부르고 있는 것 같아 좀이 쑤신
다. 집에 있는 시간이 아까웠다. 모처럼 집에만 있는 나의 귀한 강아지
들을 꼬드겨 소이산으로 갔다. 활짝 핀 버들강아지가 보송보송한 꼬리
를 흔들며 반긴다. 조금 오르다 보니 산수유꽃을 닮은 것들이 여기저
기 꽃을 피우고 있었다. 손주 세 녀석들은 서로 꽃을 가리키며 보물이
라도 찾은 양 환호성을 지르며 폴짝폴짝 뛴다. 어린 노란빛은 봄소식
을 제대로 전하고 있다.

 설이 지나면 나는 봄을 기다리는 마음이 바빠져 꽃집으로 향하곤
했다. 후리지아 한 다발에 빨강 장미 몇 송이를 사다 꽂아놓으면, 봄을
집안으로 불러들인 것 같아서 행복해진다. 추워도 제일 먼저 꽃을 피
우는 수선화 몇 뿌리까지 사다 놓으면 온전한 봄맞이가 끝이었다. 달
떠서 설레발을 치던 마음이 꽃향기에 젖어 더는 봄을 기다리지 않게
되는 거다.

그런데 지난해와 올해는 후리지아를 사지 못했다.

"후리지아를 꽂아놓으면 봄이 일찍 찾아오는데…."라고 혼잣말을 하는데 남편이 옆에서 그 말을 들었는지 "다음 주에 일 나갈 거야. 월급 타면 다른 건 몰라도 후리지아 한 다발 꼭 사다 줄게."

남편의 그 말 한마디에 서운했던 마음이 봄눈 녹듯이 사그라졌다.

산을 오르다 보니 나오기를 참 잘한 것 같다. 며느리는 아이들에게 "올 들어 처음으로 피어난 꽃이니 잘 봐둬. 이것이 생강나무꽃이야." 선생 아니랄까 봐서 손주 셋을 주욱 세워놓고 사진을 찍어주며 아름아리까지 한다.

나는 활짝 핀 꽃 몇 송이를 따서 물병에 담았다. 정상에 올라 물을 마시려니 훅~하고 여린 생강 향이 스친다. 상큼한 기분이다. 세 강아지들은 서로 마시겠다고 밀치고 난리다. 꽃송이가 입으로 딸려 들어가자 퉤퉤 거린다. 그것을 보고 이성계가 물을 마실 때 급하게 마시다가 체할까 봐, 현명한 강씨 부인이 물에다 버드나무 잎을 띄워서 줬다는 설화를 들려주며 천천히 마시라고 타이른다.

집에 있는 남편에게도 봄을 보여 주고 싶었다. 내려오는 길에 나무들이랑, 이곳을 찾는 이들에게 미안한 생각이 들었지만 표나지 않도록 생강나무 뒤로 돌아가서 작은 가지 서너 개를 꺾었다. 버들강아지도 몇 가지 꺾어 와서 식탁 위에 올려놨다.

남편이 행복한 얼굴로 수반부터 찾아 휘파람까지 불어가며 꽃꽂이를 예쁘게 해놓았다. 아마도 후리지아를 사주지 못한 미안한 마음의 표현일지도 모르겠다. 생긴 건 생강나무 같은데 하는 짓은 후리지아 같다.

화려하진 않지만 확실하게 봄이 집 안으로 들어왔다.

'꿩 대신 닭'이라더니 후리지아 만큼 향긋하진 않아도 제법 상큼하고 달달 하며 오묘한 향이 집안을 가득 채워줬다.

'후리지아면 어떻고 생강나무면 어때.' 방에 있다가도 일부러 거실로 나가 어슬렁거리며 코끝에 힘을 주고 벌름거려 본다. 정확하게 향의 색을 표현하기는 어렵지만 익숙한 향이 참 향기롭다.

생강나무꽃으로 봄을 불러들였으니, 내일은 장에 나가 노란 수선화라도 몇 뿌리 사다 심어도 좋겠다.

할아버지와 손자

"에구~ 저걸 어째. 새로 사 온 지 일주일도 안 됐는데…."

속만 탔다. 그렇다고 이제 갓 두 돌이 지난 아이를 꾸중할 수도 없다.

LCD TV가 처음 나오고 얼마 되지 않았을 때였다. 우리가 보고 있는 것보다 화면도 크고 화질도 좋고 얇아서 벽에 걸어도 된다기에 몇 날 며칠 남편을 조르고 졸랐다. 조금 싸졌다는 데도 거금 160만 원이나 주고 사다가 거실에 놓으니 참으로 마음이 뿌듯했다. 마침 다니러 온 손자가 분무기를 들고 화분에 대고 뿌리기에 "우리 결이가 참으로 부지런하구나, 착하네, 꽃에 물도 주고."라는 칭찬을 해준 것이 화근이 될 줄이야.

어린이 방송을 틀어놓고 설거지를 하고 있었는데, "하므이, 꼬오" 하면서 분무기를 들고 아장아장 뛰는 것만 보았다. 조금 있다가 "하므이, 하므이" 아이가 불러서 가보니 TV가 무지갯빛으로 반짝이며 소리만 나오는 것이 아닌가. 놀라서 "뭐 한 거야?" 소리치니 아이는 눈이 커지면서 분무기를 떨어뜨렸다. 화면에는 물이 흥건하게 흐르고 있어

수건으로 닦아주고 서비스 신청을 했다. 나중에 물으니 화면 속 꽃에 물을 준 거란다. 화질이 얼마나 좋았으면….

서비스 기사는 액정이 나간 거라 본체 전체를 갈아야 한다고 했다. 그것도 남양주에서 철원까지 온 출장비를 포함해서 83만 원이나 든단다. '스마트폰도 아니고 무슨 TV에 액정이 나간단 말인가.' 속으로 투덜거렸지만 새로 사 온 지 한 주도 안 되었는데, 그래도 새로 사는 것보다 싸니 거금을 내고 고쳤다. 세상에 하나밖에 없는 손자가 그런 거라 남편은 한마디도 못하고는 '허허 고놈이'라고만 했다.

두 주쯤 지났을까. 김장하는데 홀짝홀짝 보쌈에 막걸리를 마시던 남편이 일어나면서 실수로 상이 넘어졌다. 하필 김치 종발이 TV를 향해 날아오르면서 벌건 김칫국물이 사방으로 튀었다. 잡을 새도 없이 여지없이 '딱' 하고 화면에 떨어졌다. 이번에는 충격에 의해서 액정이 깨졌단다. 또 거금이 나갈 것을 생각하니 속도 아프고 그 물건 괜히 샀다고 후회도 됐다.

서비스 기사 말씀, "회사가 생긴 이래로 저희 물건을 사다가 한 달 안에 두 번이나 서비스를 받은 댁이 없답니다."

"……."

"저희 불찰이 아니니 무상 수리는 어렵고, 액정을 만들 때 들어간 원가만 받으라는 본사 공문이 왔습니다."

"어머~ 정말요? 이렇게 고마울 데가… 그 회사 정말 멋지다."

거금을 생각하고 있다가 36만 원만 건네는데 TV 한 대가 거저 생긴 것 같아 내 목소리가 막 올라갔다. 그 뒤로 우리는 또다시 액정이 나갈까 봐 TV에 앉은 파리도 살살 쫓으면서 살았다. 아이가 놀다가 TV 옆으로 가면 습관적으로 잡아당겼다. 그것이 불편했는지 어느 날, 남편은 새로 나온 LED TV를 사 왔다. 그 제품은 물이 닿아도 안전하고 충격에도 쉽게 액정이 나가지 않는다고 했다. 제품은 믿어지지 않았지만 남편의 선물은 고마웠다.

이제 고물은 버리라고 하는데 나는 본전 생각이 나서 쉽게 버릴 수가 없다.

"그 비싼 것을 어떻게 버려~."

"나중에 결이한테 한 대 받고 버릴 거야."

내 방으로 옮겨놓고 연속극이랑 뉴스, 다큐멘터리 같은 방송을 아주 잘 보고 있다.

유명한 전자회사에 역사를 만들어줬다는 그 녀석이 어느새 초등학교 6학년이 되었다. 우리 집에 오면 본인은 기억에 있든 없든 절대로 TV에 물을 준 적이 없다고 한다. 하지만 못 말리는 손자와 할아버지다. 어떻게 꼬드겼는지 모르지만 둘이서 단단히 약속했단다. 커서 돈을 벌면 TV 대신 포르쉐를 사주겠다며 손가락을 걸고 도장도 찍고 손바닥 복사도 했단다.

나는 그 약속이 꼭 지켜지기를 바란다. '손주 덕에 남편이 운전하는 포르쉐를 타고 전국 일주를 할 수 있다면 얼마나 행복할까.' 이렇게 말하고 보니 나도 못 말리는 할미 같다.

[그린에세이 2019.]

단지 액땜일 뿐

십 년이 훨씬 넘었다.

한해도 거르지 않고 몸을 괴롭히는 옻이라는 피부병에 걸린 거였다. 내 탓이 아니다. 짧으면 석 달, 길면 여섯 달여를 고생한다. 열 달을 넘긴 적도 있다. 남들보다 내가 오래 가는 거라고 병원에서는 말했다.

처음은, 해마다 겨울이 되면 돼지를 잡아서 인부들을 위한 잔치 아닌 잔치를 베푸는데 그날도 그랬다. 금학산 아래 지인의 집에서 뒷마당에 장작불을 피우고 고기를 구워 먹다가 남편 눈에 들어오는 나무가 있었다.

"저것이 무슨 나무다요.

"저 나무를 몰라유. 저것이 그 좋다는 참옻이잖아유. 잘라야 허는디 워낙 내가 옻이 잘 타서 못 비고 있지라."

집주인의 말에 순간 남편은 눈이 번쩍하더니 이내 자동차 트렁크에 실려 있는 톱이랑 장갑을 꺼내다 자르기 시작했다. 그리고 장작까지 패서 처마 밑에 차곡차곡 쟁여주고 비료 푸대로 하나를 얻어 와서 이 집 저 집 나눠줬다.

문제는 그다음부터다. 술이 거나하게 취한 남편은 "오늘 수고 많았어요. 힘들지?"라면서 내 어깨를 주물러 줬다. 자상하게 나를 챙겨주는 남편이 고마웠다.

　다음 날 아침 몸이 따끔거리고 가려워서 거울을 보다가 기절하는 줄 알았다. 온통 어깨를 구렁이가 시퍼렇게 감고 있는 것 같았다. 병원으로 뛰어갔더니 옻에 걸린 거라고 했다. 주사를 맞고 약을 먹었어도 나아지질 않고 한여름이 지나고 찬 바람이 불어와서야 차도가 있기 시작했다. 꼬박 열 달을 고생했다.

　의사가 "이렇게 심한 건 처음 봅니다. 기도가 부으면 죽을 수도 있어요. 조심하십시오."하고 주의를 주었다.

　다음해 봄, 동창 모임에 갔다. 암 수술을 한 친구가 옻 순이 제일 맛있다며 먹고 싶다고 했다. 정의의 용사 내 남편, 자루를 들고 산으로 올라가서 열심히 한 자루 따다가 친구 품에 안겨주고 돌아왔다. 본인은 마누라 생각해서 한 입 먹어보지도 못하고 돌아오는 길에 다섯 시간을 넘게 운전하는 내게 미안했던지 어깨를 주물러 줬다. 또다시 가을 찬 바람이 불 때까지 고생을 많이 했다. 어김없이 매년 조심하라고 신신당부를 해도 어떨 때는 남편이 옻닭을 먹고 와서, 때론 산나물을 뜯고 와서 내게 옻을 옮기곤 했다.

　작년 봄에는 작은아버지 집을 지어드리러 고향에 갔다. 마침 두릅이 뾰족뾰족 예쁘게 올라오고 있었다. 두릅 밭 위쪽으로 참 옻나무가 있어 조심하라고 일렀건만 두릅 속에 참옻 순이 들어 있었나 보다. 난 먹지도 않고 삶아서 손질한 것뿐인데 또 옻에 걸리고 말았다.

매년 연례행사처럼 그런 일이 생기니 화가 났다. 난 죽기로 작정하고 참옻 액을 사다가 들이켰다. 그런데 이게 웬일인가. 피부 발진이 줄어들기 시작하더니 이내 사라졌다. 이만하면 적응이 된 거라 싶었다. 그래도 십 년이 넘게 해마다 액땜 아닌 액땜을 하느라 연례행사를 치른 나는 항상 남편에게 단단히 조심을 시켰다.

더 이상 실수를 하지 않고 올해는 무사히 넘어가는 것 같았다. 12월도 중순이 넘었다. 거의 옻은 봄에 시작해서 가을에 나았기 때문에 나도 잊고 있었다. 한 석 달이 넘도록 무릎이 아파 고생하는 내게 아픈 곳에 발라 보라며 지인이 생약(프로폴리스)을 줬다. 샤워를 하고 정성스럽게 무릎에 발랐다. 아침에 일어나는데 다리에 깁스를 한 것처럼 뻣뻣했다. 손도, 눈도 퉁퉁 부어 있어 남의 살 같은 것이 느낌이 좋지 않았다. 이럴 수가. 올해도 그냥 넘어가기는 틀린 모양이다. 약국으로 달려갔더니 옻이라고 한다. 또 옻에 걸리고 말았다.

주사를 맞으러 병원엘 갔다. 차트를 들여다보던 의사 선생님이 "남보다 민감한 체질이니 벌꿀도 조심하라고 일렀는데 또요? 몸이 부은 건 내리면 되지만 기도까지 부으면 생명도 위험할 수 있다고 경고했잖습니까. 네? 만성으로 체질이 바뀌면 어쩌려고… 쯧쯧쯔." 라면서 자꾸만 쯧쯧거렸다. 목까지 부어오른 나를 보는 눈이 마치 미련퉁이라고 책망하는 것 같은 느낌이었다. 양쪽 엉덩이에 주사 두 방을 맞고 처방전을 들고나오는 뒤통수가 가려운 곳보다 더 따끔거렸다. 올해도 액땜 제대로 치렀다. 액땜은 액땜일 뿐 내 탓은 절대 아니다.

좋아지라고 주신 약에 고마워해야 하는데 나는 지금 온몸을 박박

긁으며 따끔거리는 통증과 싸우고 있다. 이번엔 또 얼마나 고생해야 나을지 알 수 없는 두려움을 견디며 올해도 피해갈 수 없다는 생각에 기분이 씁쓸하다.

"해마다 옻에 걸리는 것이 뭐, 내 탓은 아니잖어…."

남편은 생기다 말았다며 계속 날 놀리고 있다. 억울하다. 그런데 프로폴리스 그 약은 어떻게 했냐고요?

우리 남편이 머릿속 뾰루지에 바르고 모두 나았단다. 덕분에 비듬도 깨끗하게 사라졌단다. 지인께 매우 고마워하고 있다.

"언니! 베풀어 주신 사랑 항상 고맙습니다."

남편과 초콜릿

오늘도 남편은 네 살배기 은향이를 눈 빠지게 기다린다.

"은향이 온다? 언제쯤 온다."

"글쎄요. 궁금하면 전화해보시지."

딸이 우리 집과 가까운 양주로 이사를 오고부터 거의 매주 우리 집에 왔다. 출장이 잦은 사위가 처음에는 임신중독이 심한 제 아내가 불안하다면서 우리 집에 데려다 주고 출장을 가곤 했다.

그때도 우리 아들의 쌍둥이 손자와 동갑내기 딸네 아들이 잘 어울려 놀아서 임신한 딸이 조금은 편하게 쉴 수 있었다. 그때 딸은 잠만 자려고 하면 웬 남자가 걸어 들어오는 것 같다면서 불안해했다. 임신성 불안증이란다. 우리 집에는 항상 마루에 사람들이 있으니 안심이 되어 깊은 잠을 잘 수 있다면서 자주 왔었다.

이런저런 이유로 은향이는 이미 어미 뱃속에서부터 우리 집에서 살다시피 했다. 그래서일까 아기 때부터 우리 집을 제집으로 알고 컸다. 주말에 우리 집에 오면 신이 나서 잘 놀고 잘 먹다가도 제집에 가면 한주 내내 먹지도 않고 울기만 해서 딸이 힘들다면서 하소연을 했다.

그런 녀석이 우리 집에만 오면 큰소리로 호호거리면서 고개를 좌우로 흔들며 온 집안을 기어 다녔다. 제법 익숙하지 않은 소리로 콧노래까지 흥얼거리는 고 녀석이 남편과 내게는 행복한 웃음거리였다.

은향이가 세 살이 되면서 어린이집에 보내졌다. 어미가 데리러 가면 양쪽 허리에 손을 올리고 서서 당당하게 고집을 부린단다.

"나 집에 안가꼬야. 함머니네 가꼬야."

고집을 부리니 하는 수 없이 내게 전화를 걸어 할머니 집에 가겠다는 약속을 받고서야 가방을 메고 어린이집을 나선다는 녀석이 어찌 예쁘지 않으랴.

우리 집에 오면 할미인 내게 찰싹 안겨서 떨어지지 않는다. 그동안의 그리움이 풀릴 때까지 그러고 있다가 언니들이 살살 구슬리면 슬그머니 떨어진다. 옆에서 할아버지인 남편이 한 번만 안아 보자고 사정을 해도 꿈쩍도 하지 않으니 안아 보고 싶어서 안달이 난다. 남편이 아무리 사정을 해도 새침하게 고개를 돌려버리는 녀석이다. 그것을 본 딸이 초콜릿을 좋아한다고 귀띔을 해 줬다. 그날부터 남편은 초콜릿을 사러 마트로 달려가기 시작했다.

처음에는 초콜릿 두 개를 사 와서 은향이에게 보여주면서 "할아버지 한테 뽀뽀, 뽀뽀해주면 초콜릿 주지."라고 하면 앙증맞은 고 녀석 냉큼 달려가서 찰싹 안기며 볼에 쪽~ 해주고 초콜릿을 낚아채듯 받아다 먹고는 쪼르르 달아난다. 다시 한 개를 내밀자 폴짝폴짝 뛰어와서 또 찰싹 안긴다. 남편은 신이 났다. 그것도 잠시 초콜릿을 받지 못한 눈들이 여덟 개가 번뜩이고 있음을 어찌 감당하려고….

남편은 꾀를 내어 작아도 여러 개가 들어있는 봉지 초콜릿을 사다가 냉장고에 감춰 났다. 그리고 뽀뽀를 해줄 때마다 한 개씩 꺼내준다. 제법 약은 고 녀석은 초콜릿이 먹고 싶을 때마다 할아버지 품에 안긴다. 그런 은향이를 남편은 눈 빠지게 기다린다.

낚시하러 가서도 대뜸 "향이 온다?"라고 전화를 건다. "네, 오고 있대요."라는 내 말에 서둘러 낚시를 접고 마트에 들러서 달려오곤 한다.

금요일인 오늘도 아침부터 초콜릿을 냉장고에 감춰두고 은향이를 눈 빠지게 기다리다 지쳐서, 남편 애간장이 햇볕에 초콜릿처럼 다 녹아 버리겠다.

3부 | 추억의 향을 따다

아버지의 등

비가 주룩주룩 내리는 날에는 아버지가 더욱 그리워진다.

넷째 딸인 나는 처음 태어났을 때부터 우리 할머니의 눈에 가시였단다. 그런 할머니 눈을 피해, 아버지는 항상 나를 품속에 숨겨서 다니곤했던 기억이 난다. 주막에 가실 때도 아버지 품속에는 내가 들어 있었다. 논이나 밭을 갈러 가실 때는 쟁기를 얹은 지게 위에 내가 앉을 자리가 만들어졌다. 나는 지게 위에 앉아서 아버지 머리를 잡고 마을 길을 지나갔던 일이 생각난다. 소달구지를 타고 갈 때도 아버지 등에 내 등을 대고 기대앉아 노래를 부르곤 했다. 덜컹거리는 달구지 위에서 가끔 아버지는 시조나 시를 외우라고 하셨다. 언제나 커다란 아버지 등은 포근하고 따뜻했다.

초등학교 3학년 때다.

아침에는 화창했던 날씨가 점점 어두워지더니 이내 큰비로 바뀌었다. 우산도 귀했던 시절이라 마중을 나오는 부모님들이 별로 없었다.

그날은 엄마가 어디 가셨는지 아버지가 집에 있는 우산을 모두 챙겨서 마중을 나오셨다. 모두라고 해봐야 종이우산 두 개와 일명 아버지

양복 우산인 검정 천 우산 한 개가 전부였다. 그때 아버지는 내 몫으로 1개, 6학년인 언니 우산 1개를 가지고 나왔을 것이다. 그런데 윗동네 친구들이 우산도 없는 걸 보신 아버지가 둘이 하나씩 받고 가라면서 두 개를 친구들 손에 쥐여줬다. 그리고 나를 업고 우산을 두 손으로 단단히 들고 있으라 하시곤 십리 길을 걷기 시작했다. 따뜻한 등에 업히자 나는 자꾸만 잠이 왔다. 꾸벅거리다 우산이 쓰러지면 아버지는 나를 추켜올리며 졸지 말고 노래를 부르라며 소리를 지르곤 하셨다.

산골 마을은 비가 내리면 금방 냇물이 불어서 큰물이 된다. 돌다리는 없어지고 먼 길을 돌아가야 하거나 위험한 물속으로 들어가서 건너야 했다. 그날도 그랬다. 우리 마을에 들어가려면 물나들이라는 곳에서 냇물을 두 개나 건너야 했다. 물이 엄청 불어나서 이미 돌다리는 깊게 잠겨 있었다. 조금 작은 천에는 돌다리 위쪽으로 커다란 외나무다리가 Y자로 놓여 있다. 비가 오면 나무가 물을 먹어 엄청 미끄러웠다. 아버지는 업고 있던 날 내려놓더니 '미끄러우니 조심하라.'면서 일일이 친구들 손을 잡고 외나무다리를 조심스레 건너 주셨다.

다음은 무척 넓은 천이 나왔다. 돌다리 위로 물이 무섭게 흐르고 있었다. 물살이 무척 세서 감히 건널 생각을 할 수가 없었다. 그곳이 아니면 아주 멀리 돌아서 가야 했다. 아버지는 바지를 걷어 올리고 친구들을 한 명씩 업어서 건너 주기 시작했다. 처음엔 제일 작은 친구부터 업고 건너는데 물은 자꾸만 더욱 세차게 불어나고 있었다. 무척 키가 큰 아버지 다리에도 무릎까지 물살이 덮치고 있었다. 나보다 키가 큰 친구까지 업어서 건너 주는데, 돌다리를 찾아 밟는 아버지 다리가 아슬아슬하게 휘청거렸다. 그러다 아버지가 물살에 휩쓸릴 것 같아 무서웠다. 나부터 건너 주지 않는 아버지가 조금은 섭섭하기도 했다.

드디어 다섯 번째로 아버지가 나를 업었다. 등에서 뜨거운 김이 모락모락 피어나고 있었다. 진한 아버지 냄새가 땀인지 빗물인지 모르게 몽글거렸다. 무척 긴장했는지 등이 딱딱하게 굳어있었다. 그날 아버지는 그 위험한 물속을 아홉 번이나 왔다 갔다 하셨다. 친구들은 집으로 돌아가고 나는 온몸이 흥건히 젖은 아버지 손을 잡고 걸었다. 헌데 아버지 다리가 자꾸만 휘청거린다는 생각이 들었다. 얼마나 많이 긴장하고 힘들었으면, 아버지는 며칠을 앓은 후에야 일어나셨다.

나중에 알았다. 제일 먼저 나를 업고 큰 내를 건넜다면 다른 친구들은 못 건너 줄 것 같아서 제일 마지막으로 죽을힘을 다해서 건넜다는 사실을…. 그 뒤로도 아버지는 가끔 우산을 들고 마중을 나오셨다.

비가 오는 날이 아니라도 내 삶이 팍팍하고 힘이 들 때면 그때 그 커다랗고 따뜻했던 아버지 등이 무척이나 그리워진다. 꼭 한 번만이라도 아버지 등에 기대앉아 좋아하시던 노래 한가락 불러 봐도 좋겠다. 술을 드시고 부르던 그 노래.

"타향살이~♪♬ 몇 해던가~♬♩"

산골 아이의 장날

초등학교 3학년 때다.

산골 분교에 다니다가 읍내의 본교로 전학을 하였다. 내가 태어나서 처음으로 2층 건물을 봤고 우리 반 교실이 2층에 있었다. 신기했다. 괜스레 난간을 타고 내려왔다가 올라가곤 하며 노는 것도 재미있었다.

어느 날 친구들이 장에 구경 가자고 했다. 친구들 부모님이 장에 오신다고 했단다. 나는 친구들을 따라서 시장 쪽으로 갔다. 우리 동네도 제법 큰 동네여서 마을에 가게가 세 개나 있었지만 처음 보는 장의 어마어마한 규모에 눈이 휘둥그레졌다.

두리번거리며 걷고 있는데 누군가 날 잡아챘다. 놀라서 돌아다보니 엄마였다. 공부는 안 하고 나왔다고 혼날까 봐 두려워서 반가운 줄도 몰랐다. 내 손을 끌고 어디론가 가셨다. 야단맞으러 가는 줄 알고 바짝 긴장해서 따라갔다. 그곳에는 아버지도 계셨다. 자장면 집이었다. 처음 먹어보는 그 맛은 온통 머릿속에 별이 반짝였다. 세상에 없는 그런 맛이었다. 그동안 내가 제일 좋아하던 호떡은 아무것도 아니었다. 그 후로 나는 장날만 되면 엄마를 찾아 장터로 나가서 헤매고 다녔다.

하루는 엄마가 내 손을 끌고 장바닥으로 가셨다. 길 가운데로 주~ㄱ 먹거리들이 줄을 서 있었다. 처음 보는 풍경에 눈이 번뜩이는 신천지였다. 그곳에 있는 것은 다 먹고 싶었다. 나는 엄마를 보면서 '다 먹어도 되냐'고 물었다. 엄마는 고개를 끄덕이셨다.

처음 보는 기름에 튀긴 도넛을 한 개 집어서 먹고 꽈배기, 찐빵, 만두, 걸어가면서 오징어튀김까지 대여섯 가지를 한 개씩 먹었을 뿐인데 배가 불렀다. 엄마가 뒤따라오며 돈을 계산해 주셨고 나머지는 싸 달래서 들고 온 전깃줄로 짠 가방 속에 넣었다. 평생에 제일 재미나고 맛있는 놀이였다. 그 뒤로도 초등학교를 졸업할 때까지 장날이면 엄마를 찾아 장바닥을 쏘다녔다.

어느 날 아침, 학교에 갈 때 엄마는 걱정이 되었는지
"오늘은 일이 많아 장에 가지 않으니 나오지 마라."
"네~." 온몸에 힘이 쭉 빠지는 느낌이었다. 기운 없는 대답을 하고 장바닥이 궁금하여 점심시간에 친구들과 장에 갔다. 엄마는 만나지 못하고 돌아다니는데 장터 가운데 사람들이 모여 앉아 있었다. 비집고 들어가 보니 '장화 홍련' 중에 계모에게 누명을 쓰고 쫓겨나는 대목이었다. 그때까지 나는 추석에 마을 앞 광장에서 열리는 콩쿠르대회와 무성영화 몇 편을 본 게 전부였다. 분장을 화려하게 하고 슬픈 노래까지 불러가며 연기하는 모습에 홀딱 빠져 버렸다. 강한 호기심에 울고 웃다가, 함께 갔던 친구들이랑 아예 자리를 잡고 앉아 구경했다. 학교 수업은 머릿속에서 새하얗게 지워져 버렸다.

악극이 끝나고 약장사에게 쫓겨날 때까지 앉아 있던 우리가 학교로 돌아왔을 때는 이미 오후 수업이 끝나고 친구들이 청소하고 있었다. 태어나서 처음으로 선생님께 손바닥을 맞았다. 아프긴 했어도 마음은 즐거웠다. 다시는 점심시간에 장에 나가지 않겠다고 반성문도 다섯 장이나 썼다.

'그럼 뭐해.'

그 뒤로도 계속 장날만 되면 장에 나가 엄마가 사주신 짜장, 울면, 우동을 먹었다. 어느 날은 소싸움을 구경하다가 중간고사 시험을 못 본 적도 있었다. 다행히 선생님의 배려로 남아서 두 시간짜리 시험을 한 시간 만에 본 적도 있다.

결혼해서 아이들이 어느 정도 자란 뒤 친정에 갔는데 마침 장날이었다. 엄마와 장에 들렀다.

"엄마, 앞에 가면서 드시고 싶은 것 있으면 다 드세요. 계산은 제가 해드릴게요."

어릴 적 생각이 나서 엄마에게 선심을 썼는데 극구 사양하셨고 결국 그날도 뒤따라오면서 내가 먹은 걸 계산해 주셨다. 오랜만에 재연해 보니 재미있다고 웃으셨다.

장터에서 엄마와 함께한 추억이 생각날 때면 남편을 앞세우고 따라가면서 내가 계산을 해줄 테니 먹고 싶은 것 다 먹으라 한다. 처음에는 좋아하더니 요즘은 싫다고 한다. 내 마음속에 타임머신으로 남아있는 그때 그 시절, 산골 아이가 장날 받았던 따뜻한 엄마의 사랑조차 흉내 낼 기회가 이제는 없다. 돈 내주실 엄마도 안 계시니 그저 추억만 보물처럼, 마음속 그리움으로 고이 간직한다.

도깨비를 만난 차돌이

볕 좋은 마당에는 마을 아지매들이 모여 벼 타작이 한창이다. 아재들은 홀태 옆에 볏단을 쌓아주기도 하고 훑어낸 볏짚을 묶어 밖으로 던지기도 한다. 이 일을 조금 거들던 차돌이는 주방 툇마루에 개다리소반을 놓고 쪼그리고 앉아 탁배기 한 잔 기울이며 닭다리를 들고 뼈까지 오도독오도독 씹고 있다.

"닭은 다리뼈가 제일 맛나당게요. 요렇게 씹으면 골까지 함께 먹으니 엄청 고소하거등요."

두 해를 꼬박 누워있다가 나온 그가 안쓰러워 탁배기를 따라 주던 손위처남은 걱정이 된다.

"아, 그 단단한 걸 그렇게 씹다가 이빨 부러지면 어쩌려고 그러나. 물렁뼈까지만 먹고 버리게."

"아이고 성님, 지가 누굽니까. 차돌이가 아닙니까. 지는 이빨도 차돌이라 아주 딴, 딴, 허구만요."

마당에서는 아지매들이 차돌이를 불러댔다.

"차돌 아재, 얼릉 나오랑게요. 바우가 씬가~ 차돌이 씬가~ 한판 붙어 봐야제."

　다른 때 같으면 말술이 다 비워질 때까지 일어나지 않던 그가 달랑 한 잔을 기울이고 일어나 나갔다.

　옥과 수정 광산이 있던 옥산리에 사는 그는 광산 총책임을 맡은 관계로 붙여진 이름이 '차돌이'였다. 면서기였던 울 아버지는 열여섯 살 여동생이 정신대에 끌려갈까 봐 노심초사였단다. 궁리 끝에 비록 산골이긴 해도 광산 책임자씩이나 하는 양복쟁이 차돌이라면 밥은 굶기지 않을 것 같았다. 또 깊은 산속이라 일본 순사들 눈에도 잘 띄지 않으니 안전할 것 같은 생각이 들었다고 했다. 서둘러 몰래 그를 불러다 물 한 그릇 떠 놓고 예를 올려주고 사람들 눈을 피해 늦은 밤에 옷 서너 벌과 솜이불 한 채를 들려서 옥산리로 여동생을 딸려 보내고 나서야 한시름 놓았단다. 그렇게 혼인한 차돌이 처는 인형처럼 고와서 붙여진, 예쁜 아이라는 뜻의 '미자'라는 이름 대신 '바우'가 되었다.

　바우와 차돌이는 남부럽지 않게 살았다. 매일 '도락쿠'라는 트럭에 차돌을 실어 나를 때까지만 그랬다. 폐광이 되면서 점점 생활이 기울기 시작했다. 일거리가 없어지자 산 중턱 밭뙈기 몇 평으로는 살기가 힘이 들었다. 누가 봐도 반거칭이에 한량이던 차돌이는 그 상황을 받아들이지 못하고 매일 술로 세월을 견디곤 했다. 바우는 어쩔 수 없이 산나물을 뜯어 팔고 품팔이를 해야 했다. 그런 상황을 지켜보는 그의 장모와 처남은 그를 곱게 볼 리가 없다. 그래도 딸이고 여동생이니 조금씩 도와주면 그것을 내다 팔아서라도 술을 마셨다.

　도깨비를 만났던 그 날도 차돌이는, 얼큰하게 두어 잔을 마시고 딸이 다니는 학교로 갔다. 딸애의 담임은 "아버님, 형편은 알지만 전교 1등 하는 애를 중학교에 보내는 건 당연합니다. 장학금을 받을 수 있도록 조치해드릴 테니 교복만 마련해 주시면 됩니다."

매일 술에 젖어 살던 그에게 교복값이 있을 리 만무했다. 무척 속이 상했고 지난날을 후회해 봐야 소용없었다. 한겨울, 해가 뉘엿한 시간에 풀이 푹 죽어 다리에 맥이 풀린 채 교문을 나섰다. 개울물이 꽁꽁 얼어있었다. 그래도 빠지면 안 될 것 같아, 가운데 놓인 돌다리를 밟지 않고 힘주어 뛰어넘다가 정신을 잃고 말았다.

"아무리 생각해도 분명 다리에 힘을 주고 폴~짝 뛰어서 개울을 건넜는디, 그놈이 거기 떡~ 버티고 있더랑게라. 시커먼 양복을 입은 고놈이 키는 크고 뿔은 없는디, 심이 무척 센 놈을 만났당게요. 하~ 시름을 험서 왼발로 엮어야 허는디, 고놈의 습관 땜시 자꾸만 오른짝 발만 나가더만요. 허~참, 아무리 냉겨 뜨릴라고 혔지만 지고 말았지라. 고놈의 술 땜시 몸이 말을 안 듣더랑게요."

그때부터 힘이 센 도깨비 손에 이끌려 시냇물을 따라 걸었다. 밤새 걷고 또 걷고, 걸어도 걸어도 끝이 없는데 손을 놓아 주지 않으니 도망칠 수도 없었다고 한다.

"아~ 글씨 고놈이 불빛이 보이는, 동네 쪽으로 갈라고만 허면 여지없이 잡아 댕겨, 몇 번을 고꾸라졌당게라. 심이 없응게 빠져나올 수가 있어야지라. 헐 수 없이 밤새 끌려 다녔고마니라. 그려도 정신줄을 안 놀라고 엄청 애썼지라."

꽁꽁 언 개울도 건너고 눈이 정강이까지 쌓인 들을 지나 산도 넘었다. 버석거리는 시냇물에 빠지기도 했다.

"가을 같으멍, 까제 잡는 호랭이라도 있을 것인디, 하도 추웅께로 그 무서운 놈도 없더라고라. 고놈이라도 만나면 반가울 것 같았는디~."

그는 얼마나 걸었는지 다리에 감각이 없어졌다. 어디선가 새벽닭이 우는 소리가 들렸다. 둘러보니 먼발치에서 불빛이 새어 나오고 물레 소리가 나는 것 같았다.

"그 도깨비 놈은 월~매나 독한지 그제야 손을 놓아 주더랑게요."

가까이 가서 보니 고개를 몇 개 넘어 절골에 있는 외딴집 과수댁이었다.

"월매나 반갑던지, 그 집 마당에서 마음이 풀렸는지 정신을 잃고 말았당께라."

그를 간신히 방으로 끌어들인 과수댁은 마을로 뛰어 내려가 소식을 알렸다. 마을 장정들은 사다리를 들고 가서 이불로 돌돌 말아 떠메고, 해거름이 되어서야 내려왔다. 안방 아랫목에 뉘어놓으니 무릎 밑으로, 곪히고 언 다리와 발에서 진물이 줄줄 흘렀다. 병원에 가니 다리를 잘라야 한다고 했단다. 수술비가 없어 그냥 올 수밖에… 바우는 윗목에 차돌이를 뉘어놓고, 차가운 콩에 담가 놓기도 하고 마늘 고갱이며 가짓대를 삶은 물에 담그기도 하면서 좋다는 산야초를 캐다가 정성으로 해먹이고 찧어 바르며 애면글면 간호를 했다. 그 소식을 들은 장모와 처남은 뒷간이라도 다니려면 다리를 자르는 것보다는 치료하는 것이 낫다고 했다. 결국 다리는 자르지 않았지만, 평생 힘든 일은 하지 못하고 '한량 양복쟁이'로만 살아야 했다.

그 뒤로도 차돌이는 닭다리 뼈만은 버리지 않고 씹어 먹었다. 술은 많이 줄었다.

"망할 놈의 깨비, 사람을 끌고 다님서 고생을 시켰으면 방망이라도 하나 주고 가든가."

나의 고모 바우는 하루하루를 술꾼이 되어 푸념으로 자신을 달래고 견디며, 세상을 이겨내고 있었다.

내 기억 속의 고모와 고모부는 할머니의 아픈 손가락이었다. 할머니는 세상을 떠나실 때까지, "우리 바우 불쌍혀서 워쩌"를 입에 달고 사셨다. 딸이 안쓰러워 항상 며느리 몰래 곡식과 돈을 챙겨주시며 아픈 손가락을 감싸려고 애썼지만 밑 빠진 독이었다.

그런 차돌이가 타작마당에 나타났으니 아버지는 그를 위해 장닭을 잡아 대접하고, 마을 사람들은 그동안의 세월을 잊은 듯 너스레를 떨며 장난을 치고 있는 거였다.

"차돌 아재, 빨랑 와서 누가 씬지 바우랑 한판 붙어 보랑게요."

오랜만에 우리 고모 바우의 얼굴에도 웃음꽃이 활짝 폈다.

[강원문학 2019.]

예덕 선생

우리 고향 마을에는 커다란 느티나무와 팽나무가 우거진 숲이 있었다.

수령 백 년은 족히 될 것 같은 아름드리나무가 빽빽한 숲속에 작은 초가집을 짓고 사는 사람들이 네댓 가구 정도 있었던 걸로 기억된다. 동네 어른들 말씀으로는 전쟁 후에 집을 지을 땅이 없는 사람들이 천막을 치고 살면서 지은 집이어서 작다고 했다. 그중에 작지만 반듯하게 지어진 집이 있었다. 그 집에는 우리가 흔히 말하는 사나운 애꾸 할매가 아들과 함께 어린 손자를 키우며 살고 있었다.

애꾸 할매는 한때는 부잣집 마님이었다고 했다. 어느 날 일본 순사 한 놈이 성폭행하려는 걸 물어뜯고 반항하자 화가 나서 눈알을 뽑아버렸다고 했다. 할머니의 아들은 동네 사람들이 장군이라고 불렀으나 진짜 이름은 모른다. 그리고 영특하고 잘생긴 손자가 한 명 더 있었다.

항상 조용히 미소를 머금었던 장군이는 군수였다고 한다. 인물이 훤칠하고 똑똑한 사람이었는데 전쟁 통에 끌려가서 매를 너무 많이 맞아 귀에 고막이 터져 피를 많이 흘리고 난 뒤 귀머거리가 되었다. 간신히 목숨만 건진 모자는 가진 재산을 모두 빼앗기고 맨몸으로 피신해 온 곳이 바로 그 숲이었다. 그들의 삶이 얼마나 고통스러웠을까. 그 상황을 견디지 못한 며느리는 어린 것을 재워 놓고 야밤에 도망을 가버렸다.

어렸을 적에 나는 애꾸 할매가 울면서 우리 할머니께 들려주시던 그 이야기를 듣고 며칠 동안 슬퍼했던 기억이 있다.

그 할머니는 손자를 안고 이 집 저 집 돌아다니면서 젖동냥을 했다. 군수였던 귀먹은 아들이 무슨 일이든 해야 하지만 농사는 해본 적이 없었으니 노동도 못 하는 형편이었다. 전쟁이 끝나고 얼마 지나지 않은 때라 너나 할 것 없이 먹을 것이 귀한 세상에, 일을 못 하는 사람에게 품 일을 주는 이도 없었다.

애꾸 할머니가 똥장군을 하나 외상으로 구입해 와서 아들에게 동네 똥 푸는 일을 시켰다. 그 일이야말로 경쟁상대가 없으니 밥은 굶지 않을 거라는 계산이었단다. 그리고 행여 아들이 놀림이라도 당할까 봐 손자를 업고 장군이 뒤를 따라다니면서 놀리는 사람이 있으면 매우 사납게 혼구멍을 내줬다고 했다. 그래서 당신이 일부러 사나워질 수밖에 없었다.

그렇게 내가 태어나기도 전부터 장군이는 말없이 엄마가 시키는 대로 똥장군을 지고 이 집 저 집 변소를 치웠다. 일하는 중에 누구와 말을 섞지 않으니 묵묵히 일만 했다. 그렇게 장군이가 열심히 일하는 동안에 할머니는 나보다 더 큰 손자를 업고 주인집에 와서 밥을 먹고 놀다가 저녁까지 먹고 난 뒤에 아들이 일한 품삯을 챙겨서 돌아가셨다.

그렇지만 동네 어느 누구도 장군이를 업신여기거나 조롱하지 않았다. 워낙 무서운 할머니가 뒤따라다니기도 했지만, 어른들은 장군이가 동네에서 아주 중요한 일을 하는 사람이라고 했다. 물론 농사짓는 집집마다 똥장군 하나씩은 다 있고 인분은 거름으로 쓰였으니 버릴 것이 없는 건 사실이었다. 하지만 가족이 많은 집은 겨우내 채워놓은 커다란 변소 통을 비워내는 일은 하루 이틀에 끝나는 일이 아니었다. 일일이 기다란 막대가 달린 바가지로 퍼 올려서 똥장군에 담아 지게로 지고 먼 밭이나 논에 가서 고랑에 뿌려야 했으니 참으로 힘들고 고된 시쳇말로 3D업종 중에서도 최하위 3D업종 일이었다.

우리 아버지는 우리들에게 장군이가 우리 마을에서는 가장 큰 일꾼이라고 이르곤 했다. 품값도 다른 사람보다 많이 줬다. 그러면서 예전에는 똥 푸는 사람도 계급을 받고 일했고, 선생이라 불렀다고 했다. "에개, 똥 푸는 사람이 무슨 선생이야." 하며 비웃었던 적이 있었다. 아버지는 그 더럽고 냄새나는 일은 아무나 할 수 있는 일이 아니라 '묵직한 덕'을 지닌 사람만이 할 수 있는 일이라 높여 불렀다고 했다.

요즘 조선 시대 직업에 대해 찾아보다가 알게 되었다. 정말로 조선 시대에는 똥 푸는 사람에게 계급을 주고 '예덕(穢德) 선생'이라는 칭호를 주었단다. 요즘은 많은 직업에 '선생'이라는 칭호가 붙여지지만 조선 시대에는 몇 안 되는 직업에만 '선생'이라는 칭호를 썼다. 그만큼 똥 푸는 직업을 중요하게 생각했고 대우를 해줬다고 하니 조상들의 지혜에 탄복한다. 우리 아버지가 장군이 직업을 무시하거나 놀리면 안 된다고 했던 말씀을 이제야 알 것 같다.

이제는 그 숲에 가면 아들과 손자를 끔찍이 사랑했던 애꾸 할매도, 장군이도 모두 저세상으로 떠나셨다. 그들이 살던 집은 없어지고 숲은 공원으로 변했다.

여전히 우리가 숨바꼭질하고 술래잡기하던 흔적은 남아있어서일까. 고향에 가면 꼭 차에서 내려 서성이며 돌아보게 된다. 오늘도 숲에 서 있으니 사라진 집터에, 인자하게 보일 듯 말 듯 미소를 머금은 예덕 선생, 장군 아재가 똥장군 지게를 지고 고개를 푹 숙인 채 묵묵히 걷고 있는 듯하다.

[한국수필작가회 2021.]

할머니와 팥주머니

팥주머니를 만들었다. 전자레인지에 넣고 1분간 돌려서 눈에 대고 있으면 시원하다. 눈뿐만 아니라 아픈 곳 어디든 올려놓으면 좋다. 아픈 무릎에 대고 누워있으려니 솔~솔 할머니 생각이 났다.

겨울이면 해가 지기 전에 커다란 가마솥에 물을 가득 채워놓는다. 아버지는 첫닭이 울 무렵에 일어나서 가마솥에 불을 지피신다. 밤새 식어버린 방에 군불을 때는 거다. 물이 펄펄 끓으면 밤새 식아버린 화롯불을 갈아 안방에 들여놓는다. 이글거리는 벌건 숯불을 소복소복 부삽으로 떠 담은 뒤, 위에는 화로에서 꺼낸 재로 이글거리는 불씨를 덮고 붓돌로 지그시 눌러 놓는다. 그렇게 해야 공기가 차단되어 불이 오래 간다.

화롯불을 방에 들여놓으면 할머니가 제일 먼저 봉초를 꾹꾹 눌러 담은 장죽을 화로에 대고 뻐끔거리며 불을 붙이신다. 그런 다음 긴 가래기침을 하신다. 우리에게 모두 일어나라는 신호다. 화로 속 붓돌 위에는 찌개 냄비가 올려지고 화롯가로 빙~ 둘러 '오재미'라는 팥주머니가 올라갔다. 우리가 책보를 허리에 매고 집을 나설 때 할머니는 양쪽 호주머니에 한 개씩 넣어주시면서 손이 얼면 안 되니 꺼내지 말고 만지기만 하라고 단단히 일러주셨다.

"할매, 왜 콩을 넣은 오재미는 안 되는디요?" 하고 물으면

"콩은 가볍긴 헌디 물러서 열을 품고 있질 않고 금방 식는 당게. 팥은 작아도 단단허고 알차서 열이 오래 가거덩. 괘비에서 절대로 꺼내지 말고 만지기만 혀야 허여~ 알았제?"

그랬다. 팥으로 만든 주머니는 첫 교시 수업이 끝나도 식지 않았다.

"자~ 잘 봐, 뜨거울 때는 이렇게 허는 거여."

할머니는 팥주머니 두 개를 위아래로 던지며 노는 오재미 놀이를 가르쳐 주셨다. 나는 그 놀이를 더듬거리며 친구들에게 알려주고 쉬는 시간이면 서툴지만, 열심히 가지고 놀다 보니 익숙해져서 점수 내기 게임을 하기도 했다. 언니들은 세 개, 네 개를 던지며 놀았다. 커서 알았다. 그것이 서커스에 나오는 저글링이라는 걸, 팥은 던져서 사람을 맞추는 놀이는 아프기 때문에 가벼운 콩주머니를 따로 만들어서 놀았던 기억이 난다.

"오재미가 식으면 난로 옆에 놓아뒀다가 집에 올 때 꼭 양쪽 괘비에 넣고 와야 헌다. 알았재?"

할머니는 하루도 빼지 않고 단단히 일러두셨다. 십 리가 넘는 길을 걸어야 했으니 손녀딸 손이 얼까 봐 항상 염려스러우셨던 모양이다. 요즘 날씨가 매우 추워졌다. 며느리는 손난로를 박스로 사다 놓고, 아침마다 학교 가는 아이들에게 한 개씩 호주머니에 넣어준다. 며느리의 자식 사랑법이다. 물론 학교에서 집으로 돌아오는 오후까지도 뜨겁게

식지 않고 있다. 하지만 요즘 손난로처럼 오래 가지는 않았어도 할머니가 팥으로 만들어 주셨던 그 식지 않던 사랑은 지금도 따뜻하게 내 가슴을 덮여주고 있다.

아직도 호주머니 안에서 팥알 굴러가는 소리가 사그락사그락 거리며 내 귓가에 가득히 따뜻함을 전하는 것 같아 생각만 해도 행복하다.

[그린에세이 2019.]

추억의 향을 따다

얼마 있으면 이태준 문학제다.

내가 소속되어 있는 한국수필 작가들이 오신다는데 기대가 된다. 작년에는 '사임당문학회' 회원인 시문회에서 참석해, 콩으로 선물을 만들어 나눠 드렸는데, 올해는 농사도 없고 뭘 드릴까 고민하다가 국화차가 좋겠다고 생각했다. 올봄에 아홉 번 볶아 만든 엉겅퀴 차하고 함께 포장하면 작은 선물이 될 것 같았다.

우리 집 앞 봉학산에 흐드러진 노란 감국이 욕심이 났다. 커다란 바구니를 들고 산기슭으로 갔지만 들어가는 입구를 못 찾겠다. 요즘 밭작물 도둑이 극심하다는데, 곡식이 자라고 있는 밭둑으로 들어가면 오해받을 것 같고, 덤불이 우거진 곳은 뱀이 나올 것 같아 무서웠다. 그렇다고 길에서 가까운 곳은 사람들이 보는 즐거움도 있지만 먼지가 앉았을 것 같아 따기 싫었다.

바구니를 끼고 계속 걷다 보니 산속으로 올라가는 길이 나왔다. 따라 올라가 보니 널따란 국화밭이 있다. 횡재다. 소담스러운 봉오리들이 해맑게 빛이 났다. 따서 바구니에 담아보니 솔솔 재미가 나는 것이

뱀에 대한 두려움도, 외진 곳에 대한 무서움도 없어졌다. 어렸을 때 생각까지 솔솔 피어나는 것이 국화 향보다 진하다.

아버지는 이른 아침이면 커다란 양푼을 들고 국화 꽃송이에 맺힌 이슬을 받으셨다. 공해가 없던 시절이어서 그런지 맑은 물이 양푼 가득 모아졌다. 갓 잠에서 깬 나는 그 모습이 신기해서

"아버지, 그걸 왜 받아요?"

"으응, 국로주를 담아 볼라고. 냄새 한번 맡아봐. 좋지?"

내 얼굴 앞으로 양푼을 내미신다. 아무 냄새도 나지 않는 것 같았다.

"에이~ 아무 냄새도 안 나는디."

아버지는 웃으시며

"옆에 핀 꽃향기가 진해서, 약한 향을 니가 못 맡는겨."

"이건 아주 귀한 술이 될 거여. 국화 향이 은은한 것이 머리를 맑게 해주는 약이 된당게."

"근디, 왜 국로주야?"

'허허' 웃으시며 아버지는 자세히 설명을 해주셨다. 대나무에 맺힌 이슬을 받아서 술을 담그면 죽로주, 풀잎에 맺힌 이슬을 받아서 담그면 진로주, 국화에 맺힌 이슬로 담그면 국로주라고 하셨다. 소나무에서 받아 담그면 송로주라고 하는데 향은 국화 다음으로 좋고, 머리 아프거나 혈관 질환에도 아주 좋다고 하셨다.

"이 모두가 각자의 맛과 향을 지니고 있어 맛도 좋지만, 몸에도 좋아 약주라고 부른단다."

아버지가 아침마다 이슬을 받아서 항아리에 모아놓으시면 엄마는

가마솥에 떡시루를 걸고 찹쌀 고두밥을 쪄서 뒷마루에 이불 홑청을 깔고 펴 널어 식히면서 우리에게 골고루 펴가며 저어주라고 하셨다. 우리는 그 밥이 맛이 있어 양껏 먹었던 기억이 난다. 거의 식을 무렵 누룩가루를 골고루 섞어서 항아리에 살살 펴 담고, 받아 놓은 이슬을 부어 국화꽃 몇 송이 띄운 다음 시원한 광에 한자리 크게 앉혀 놓고 이불로 덮줬다.

며칠이 지나면 아버지는 용수와 쪽박을 들고 광으로 가셨다. 항아리 뚜껑을 열고 한참을 내려다보시며 향으로 한번 취하시고 용수를 꾸욱 눌러 박은 다음 쪽박으로 한 바가지 떠서 들이켜시고는

"캬~ 속이 쩌러러러~ 헌 것이 올해도 맛나게 잘 담궈졌고만."

수염도 없는 턱을 훔치며 맛깔스럽게 쩝쩝거리셨다. 옆에서 호기심 어린 눈으로 그 모습을 지켜보던 엄마가 그제야 마음이 놓이신다는 듯 얼굴이 환하게 국화꽃처럼 피어나셨다.

이런저런 생각을 하는 사이 국화가 한 바구니 가득 찼다. 잘 손질해서 식초 물에 깨끗이 씻어 물기를 빼고 살짝 볶아 건조기에 넣었다. 온 집안이 국화 향으로 가득 찼다. 가족들 모두가 국화 향이 매우 좋다고 한다. 누군가에게 그 향기를 나눠 줄 거라고 생각 하니 많이 행복하다. 잘 마른 국화는 손녀들과 함께 작은 봉투에 예쁘게 포장해서 선물을 만들었다. 두루두루 나눠 줄 생각에 흐뭇한 것이, 아마도 그때 그 시절 엄마가 아버지를 바라보시던 그런 마음일 것 같다.

오늘도 추억 한 장 더 만들어 주고 싶어 손녀들을 앞세우고 봉학산으로 꽃 따러 나가는 발걸음이 봄날 바람에 날리는 꽃눈처럼 휘날린다.

젊음이 화장이여

여고 시절, 장날이 돌아오면 마을 어른들이 삼삼오오 무리를 지어 십 리가 넘는 길을 걸어 장으로 몰려갔다. 모처럼 예쁘게 화장을 하고 예쁜 옷을 입고 한껏 멋을 부린 여인들의 모습은 아름다웠다. 미장원에 들러 머리를 손질도 하고 고향 사람을 만나서 소식을 전하기도 하는 날이어서 더욱 멋을 낸 것이 아니었을까.

시오리가 넘는 길을 걸어서 학교에 다니던 나는 그런 어른들 틈에 끼어서 걷는 것이 좋았다. 혼자 걷지 않으니 좋았고 어른들의 새로운 이야기를 듣는 것도 좋았다. 그럴 때마다 우리 집 앞집에 사는 작은엄마가 "젊음이 보약이여. 젊음이 화장이랑게. 저 풋풋하고 이쁜 거 좀 봐."라면서 나의 젊음을 부러워했다.

"어디 화장 헌다고 저런 이쁨이 나오겄어."

옆에 걷던 아주머니도 거들었다. 그래도 그것이 무슨 뜻인지 몰랐다. 매번 장날마다 아주머니들 옆에 서서 따라 걷는 것이 좋아서 쫓아다녔다. 나보고 예쁘다고 하니 더 좋았던 것이 아닌가 싶다.

요즘 거리를 걷다 보면 어린 학생들이 얼굴에 하얗게 분칠을 하고 입술은 새빨갛게 발라서 나를 깜짝깜짝 놀라게 한다. 그냥 젊음 그 자체로도 아름다운데 그 시절 나처럼 그 아이들은 자신의 아름다움을 모르는 것 같다. 그리고 매스컴에서 어린이 광고 모델들이 화장한 모습도 안타깝다. 어린이의 순수한 맨얼굴이 얼마나 예쁜가. 시간이 흐르면 어느 날부턴가 화장을 하지 않으면 안 되는 때가 있다는 걸 모르는구나 싶다.

어린이들을 상대로 설문 조사를 했단다. 화장한 친구와 화장을 하지 않은 친구, 둘 중에 누구랑 놀고 싶으냐고 물었단다. 대부분 학생들이 화장한 친구랑 놀겠다고 했단다. 이유는 '깨끗해 보이고 예뻐 보여서'라고 했다고 한다. 일찍 성인이 되고 싶어 하는 마음은 알 것 같다. 한편 이해가 되는 건 세상을 모르던 시절 나도 빨리 어른이 되고 싶었던 적이 있었기 때문이다. 그렇다고 화장을 하고 싶어서가 아니라 부모님의 지나친 사랑과 관심에서 벗어나 자유롭고 싶었던 것뿐이다.

어차피 요즘 세상이 그런 거라면 차라리 중, 고등학교에서 아이들에게 맞는 화장법과, 지나친 화장보다 깨끗하고 수수한 화장이 더 아름답다는 걸 가르쳐 주면 어떨까 하는 생각이다. 무턱대고 어른들을 흉내 내어 눈에 보이는 예쁜 색을 골라서 바르는 것보다, 나이에 맞는 화장법으로 더욱 생기발랄하고 예뻐 보일 화장 말이다.

초등학교 2학년인 손녀딸이 학교에서 방과 후 학습 시간에 수제 립스틱을 만들어 왔다. 빨갛게 바르고 거울을 보고 또 보고 한다. 아마도 예뻐 보여서 그런 것 같다. 그런 손녀를 바라보면서 학교에서 아이들에게 화장을 하도록 부추기고 있는 것 같아 씁쓸하다. 아이들의 자연스러운 아름다움이 왜곡되어 가는 것이 안타깝기도 하다.

안티푸라민 하나면 튼 손도, 촉촉한 입술도, 모두 해결되었던 우리들의 시절은 그야말로 먼 옛날이 되어버린 느낌이다.

"젊음이 바로 화장이랑게…."

요즘 학생들이 자신들의 풋풋하고 싱그러운 아름다움을 알았으면 좋겠다.

오월의 추억 한 장

온 산이 파릇파릇하다.

학창 시절, 오월은 여왕의 계절이라는 말이 생각나 창문을 열고 자리를 잡았다. 상큼한 바람이 '샤랄랄라~' 뺨을 스치는 느낌이 기분을 좋게 만드는 마법 같다.

'따르르륵 따르르륵' 딱따구리가 나무를 때리는 소리와 산까치 소리가 더욱 경쾌하게 들린다. 조금 앉아 있자니 스르륵 잠이 올 것 같기도 하다.

새마을 운동이 한창이던 70년 후반에 고등학교를 다녔다. 그 시절 우리 학교는 산이 울타리처럼 둘러있어 깊은 산속 같았다. 일제강점기에 군사 훈련소였다니 외부에서 잘 보이지 않는 곳에 일부러 자리를 잡았을 거다.

덕분에 경치는 아주 좋았다. 사계절의 모습이 하루하루 다르게 느껴질 정도로 뚜렷했다. 그중에서도 '신록의 계절'이라고도 하고 '여왕의 계절'이라고 불렸던 5월이 제일 좋았다.

비행기 조종사가 되고 싶었던 나는 아버지에 의해 꿈이 꺾어지고 나서 공부를 포기한 상태였다. 집안일을 도와야 한다며 시험도 보지 않고 들어갈 수 있는 시골 학교에 보내졌다. 산업 붐이 막 일어나고 있던 시절이라 학교보다 도회지로 돈 벌러 간 친구가 많았으니 그것도 감사할 일이었다.

'잘살아 보세'를 외치며 농촌도 달라지기 시작했다. 마을 길이 넓혀지고 통일벼를 심어 생산량을 늘렸다. 농번기가 되면 우리 학생들은 일손이 부족한 농가에 나가 봉사활동을 했다. 논둑에는 콩을 심고, 길 양쪽으로는 코스모스를 심어 마을 길을 예쁘게 가꾸었다. 공부를 포기한 나는 학교 공부보다 재미있었다. 그 무렵 우리 집 작은 머슴도 돈을 벌겠다며 서울로 떠나고, 몇 년째 함께 살고있는 큰 머슴만 남았다. 그도 한 해가 지난 뒤 떠났다. 너나없이 돈 벌러 가고 동네 일손이 없으니 학생인 내 손도 크게 필요해졌다.

3교시가 끝나면 외출증을 끊어 절반은 버스를 타고, 절반은 걸어서 집으로 달려갔다. 부랴부랴 가마솥에 밥과 국을 끓이고 반찬 몇 가지를 만들어 광주리에 담아 이고, 20분 남짓 걸어서, 논밭에 점심과 오후 새참을 내갔다. 급하게 한술 뜬 다음 버스를 타고 읍내서 내려 다시 택시를 타고 학교에 가면 5교시가 끝나 있었다. 그 힘든 일은 항상 내가 제일 좋아하는 5월부터 시작되었다.

다행히 6교시는 담임 선생님 시간일 때가 많았다. 창 옆에 앉은 나는 연둣빛 산에 취해 꿈을 꾸곤 했다. 하루는 코를 골았나 보다. 친구들이 키득거리며 웃는 소리가 들렸다. 그런데 선생님께서 "쉿~" 검지를 입에 대고 친구들을 둘러보며 "장 봐갖고 집에 가서 밥해 들에 내다

주고, 종종거리며 뛰어오느라 얼마나 힘들었겠냐, 좀 자게 놔둬라."
아주 작은 소리였다.

잠결이지만 그 말씀을 듣고 잠이 싹 달아났는데 일어날 수가 없었다. 그렇지만 기분은 아주 좋았다. 그 뒤로 엄 선생 과목은 무조건 100점을 맞으려고 노력했다. 공부보다는 일을 더 많이 하며 보냈던 학창 시절이었지만, 다시 돌아가고 싶은 것은 사랑과 배려를 먼저 베풀어 주신 선생님이 계셨기 때문일 거다.

이제는 손주들 재롱떠는 이야기를 하며, 함께 늙어가는 선생님께 안부 전화라도 해봐야겠다. 스승의 날이 되기 전에….

[자유마당 2022.5.]

어설픈 매혈자

"숙자야, 전혀 무섭지 않아. 나는 몇 번 해봤어."

전주 구경을 시켜주겠다는 친구를 따라간 곳은 어느 커다란 병원이었다.

산골에 살던 내게는 어마어마해 보였다. 그 시절 내가 아프면 하얀 가운도 입지 않은 의사가 까만 가방을 들고 집으로 찾아왔었다. 청진기를 대 보고, 주사 한 방 놔주고, 하얀 종이에 싸인 가루약을 주는 것이 전부였다. 그러니 내 눈에 병원이라는 간판을 보는 것만으로도 주눅이 들 수밖에….

친구는 무척 당당했다. 입구 프런트로 걸어가더니 간호사에게 "피 팔러 왔어요."라고 했다.

간호사는 영화에서 본 것처럼 초록 띠가 두 줄인 관처럼 생긴 것을 머리에 쓰고 있었다. 교복 차림인 우리 둘을 위아래로 훑어보더니, "따라와" 하면서 앞서 걸었다. 어두운 복도를 지나 끝 방으로 들어가는데 뭔지 모를 부끄러움과 두려움, 그리고 도살장에 끌려가는 기분이 들었다.

그곳에는 양옆으로 두 개의 침대가 놓여 있었다. 온돌방에서만 살던 나는 침대를 처음 봤다. 간호사는 우리 보고 "팔 걷고 양쪽으로 누워" 하고는 나갔다. 나는 침대 난간에 엉거주춤 어설프게 걸터앉았다. 그런 나에게 친구가 몇 번 해 봤는데 무섭지 않다고 말한 것이다.

조금 후 간호사는 수액이 들어있는 작은 유리병과, 코르크 마개가 닫혀있는 커다란 빈 유리병을 두 개씩 가지고 돌아왔다. 말없이 팔을 잡아당기며 주먹을 쥐어 보라고 하고는 여기저기 눌러보더니 노란 기저귀 고무줄로 팔을 묶었다. 바늘을 꽂고 작은 수액이 들어있는 병은 침대 위에 있는 걸이에 걸고 빈 병과 바늘을 연결했다. 그리고 빈 병은 작은 나무 상자에 담아 바닥에 내려놨다. 순간 가는 링거 줄을 타고 검붉은 피가 수액과 함께 유리병 속으로 흘러 들어갔다. 엄청 무서웠던 것에 비해 아프진 않았다. 간호사는 들랑날랑하면서 바닥에 유리병을 흔들어줬다. 그렇게 어느 정도 시간이 흐르자 바늘을 빼주고 솜과 거즈를 덧대 주면서 누르고 있으라 하고는 검붉은 병을 양쪽 어깨 위로 흔들며 방을 나갔다. 섬뜩했다.

그렇게 친구가 받은 돈은 천이백 원이었다. 우리는 육백 원씩 나눠 갖고 돌아오는 내내 말이 없었다. 누군가에게 죄를 지은 것처럼 초조하고, 뭔지 모를 수치스러움을 느꼈다. 그 뒤로 나는 졸업을 하고 서울로 상경하였다.

서울역에서 헌혈 차를 처음 봤다. 적십자 띠를 두른 여인이 "죽어가는 사람에게 생명의 희망을 주세요." 하며 팔을 잡아끌었다. 혈액형 검사도 해준다고 했다. 못이기는 척 이끌려 차 안으로 들어갔다. 기분

좋게 헌혈하고 나오는데, 빵과 우유를 한 개씩 줬다. 빨간 물방울 모양의 배지와 작은 헌혈증서도 만들어 줬다. 누군가 수혈이 필요하면 증여해도 된다고 했다. 피를 돈 받고 팔 때와 달리, 뿌듯하고 떳떳했다. 얼마 지나지 않아 유리병은 비닐 팩으로 바뀌었다.

헌혈을 하러 차에 올랐는데 수액이 들어 있는 비닐 팩을, 바늘을 꽂지 않은 손에 쥐여 주며 피를 받는 동안 굳지 않도록 흔들어 주라고 했다. 처음엔 차가웠던 봉지는 내 피가 들어갈수록 점점 따뜻해졌다. 마음 역시 따뜻함을 전하는 느낌이 들었다. 어설픈 매혈자는 그렇게 평생에 한 번 피를 팔았던 기억으로 결혼해서 아이를 임신하기 전까지 헌혈하는 것을 기쁨으로 알고 살았다.

난 지금 철원에 살고 있다. 말라리아 때문에 철원 사람들은 수혈할 수 없다고들 알고 있다. 그런데 요즘은 다른 사람에게 수혈하는 것만 안될 뿐, 혈액에서 혈소판이나 알부민 등 다른 영양소를 추출하는 것에는 쓸 수 있다고 한다.

지금, 애석하게도 내 피는 나이 때문에 쓸 수가 없다고 한다.

설맞이 풍경

종갓집 여인네들은 한 해가 다 가도록 쉬는 날 없이 바쁘다.

가을걷이가 끝나고 나면 농한기여서 남정네들은 조금은 한가하지만, 여인네들은 시제 준비를 하고, 콩을 삶아 메주를 만들고, 동지 팥죽을 끓여야 한다. 동지가 지나면 또 그때부터 설 준비를 해야 한다.

낮에는 미처 마무리 못한 길쌈을 하랴, 베를 짜랴, 설맞이 준비를 미리미리 해놓아야 일이 밀리지 않는다. 남정네들이 호박을 깎아서 엮어 처마 밑에 매달아 주면, 여인들은 호박씨를 깨끗이 씻어 말린다. 그것을 볶아 밤마다 껍질을 까서 모아놓는다. 잣도 호두도 그렇게 한다. 그리고 찹쌀을 담근다.

첫 번째 담근 찹쌀은 사흘 정도를 가마솥 옆에 두고 불린 다음 곱게 가루를 내어 쪄서 때꽐(풍선)이 일도록 친다. 방바닥이 뜨거울 정도로 군불을 땐 다음 밀대로 밀어서 모양을 내어 널어놓고, 자주 뒤집어 가면서 달그락거리는 소리가 날 때까지 말린다. 나중에 기름에 튀겨서 유과나 산자를 만들 것이다.

다음에 불린 찹쌀은 큰 시루에 쪄서 마루에 펼쳐놓고 차게 식을 때까지 밥알이 하나씩 떨어지도록 뒤집어준다. 그리고 아랫목에 펼쳐놓고 잘 말려준 다음 뻥튀기 기계로 튀겨 온다. 갱엿을 녹여서 '오꼬시'라 불리던 강정을 만들 것이다.

세 번째로 불린 찹쌀은 큰 시루에 쪄서 마루에 펼쳐놓고 밥알이 떨어지도록 잘 저어가면서 식힌 다음 누룩과 골고루 버무린다. 손바닥으로 일일이 문질러 가면서 버무린 누룩 밥은 항아리에 담고, 깊은 지하수 맑은 물로 분량을 잡아, 너무 뜨겁지 않은 아랫목 구석에 놓고 한지로 덮어, 얇은 이불로 싸놓는다. 술이 익어가는 소리가 뽀글뽀글 맛있게 들리면 냄새도 좋고 정겹다. 이레가 지나면 맛을 보고 덜 띄워졌으면 하루 더 둔 다음에 용수를 넣고, 맑은 물만 떠다가 광에서 보름 정도를 더 익히면 정종이 된다.

남은 술은 물을 조금 타서 체에 눌러 걸러서 막걸리를 만든다. 시간이 좀 있다면 크지 않은 가마솥에 술을 넣고 불을 때가면서 주둥이가 길게 달린 항아리를 엎어놓고 밀떡으로 봉인한 다음 증류수를 받아 소주를 만들기도 한다.

어렸을 때 할머니랑 엄마가 이런 까다로운 일을 하는 걸 몇 번 본 적이 있다. 그러나 보통 때는 동동주가 순해서 더 맛있다며 그냥 용수를 박아놓고 떠다가 쓰고, 나눠마시는 것도 보았다.

항아리에 술을 담고 나면, 쇠고기를 얇게 포 떠서 양념장에 버무려 채반에 깔고, 지붕 위에서 잘 뒤집어 가면서 말린다. 조금 말랐다 싶으면 참기름을 골고루 손바닥으로 문질러 가면서 발라 다시 널고 또 다음날 참기름을 발라서 다시 널고 여러 번 그렇게 정성을 들인다.

그렇게 만들어진 육포는 귀한 음식이라서 우리 딸들은 잘 먹지 못하고, 잘게 찢어 귀한 손님들 술안주로 나갔다.

설이 되기 며칠 전 그동안 준비해둔 재료들을 꺼내 갖가지 강정을 만들고, 잘 말려둔 찹쌀떡을 기름에 튀겨서 조총을 묻힌 다음 잘게 빻아놓은 쌀 튀각 가루를 묻히기도 하고, 튀기자마자 설탕을 뿌려 바삭하게 만들기도 했다. 나는 개인적으로 조청을 묻힌 유과 보다 끈적임이 없는 설탕을 뿌린 유과를 더 좋아했다. 설탕을 뿌린 유과는 잘 부서져서 보관이 어려운데 잘게 쪼갠 대나무로 만든 뚜껑이 있는 동구리에 창호지를 깔고 담아서 조심스럽게 보관해야 했다. 그래도 엄마는 우리가 좋아한다면서 설탕 뿌린 유과를 더 많이 만들어 주곤 했다.

마지막으로 찹쌀과 멥쌀을 불렸다. 멥쌀은 가래떡과 절편이 되고, 찹쌀은 우리가 좋아하는 시루떡을 찌는데 한쪽은 까만 흑임자 가루로 다른 한쪽은 참깨가루로 고명을 넣은 얇은 떡이다. 또르르 말아서 한 입 베어 물면 세상에 그런 맛이 없을 정도로 맛있다. 요즘은 먹고 싶어도 파는 데가 없다. 이렇듯 종갓집의 세밑 준비는 열거하기도 버거울 만큼 많고 많다.

그 밖에도 엄마는 할머니 한복을 짓고, 우리가 입을 치마저고리도 지었다. 빨간 갑사댕기에 꽃수를 놓고, 복주머니도 만들었다. 이 모든 일을 물레를 돌려 삼을 잣은 후 베틀에 앉아 삼베를 짜는 일을 시간을 쪼개어가면서 해내셨다. 그 삼베를 설전에 내다 팔아, 그 시절 유행하는 아이들 설빔을 사고, 설에 쓸 물건들을 사기도 하셨다. 설이 되면서 정월 한 달이 넘도록 손님맞이, 대보름맞이, 콩 볶아먹는 이두 등 풍차

돌리듯 여인네들의 일은 시작이 언제인지 모르게 끝없이 이어졌다.

지난 초여름, 흐드러지게 핀 유월의 장미보다 더욱 눈부시게 해맑은 날이었다. 그 모든 추억거리를 남기고 엄마는 작별 인사도 없이 하늘나라로 떠나셨다. 코로나19가 뭔지… 맘대로 만날 수 없었던 시간만큼 버림받았다는 마음의 상처 때문일까. 바싹 마르고 아이처럼 작아진 몸으로 단정하게 누워서, 우리를 보지도 않으시고 두 눈을 꼭 감은 채로, 꽃방석을 타고 말없이 떠나셨다.

이번 설맞이는 마냥 서럽기만 할 것 같다. 아직도 끝나지 않은 코로나19가 한없이 야속하다.

[그린에세이 2022.]

깡통 돌리기

해마다 정월 초하루가 지나면 아이들은 깡통을 들고 모이기 시작한다. 못으로 구멍을 내고 철사로 길게 끈을 달면, 모두가 부러워하는 훌륭한 놀이 기구가 만들어지고 불놀이는 시작된다. 힘차게 돌리다 보면 은하수 다리도 만들어지고, 무지개 폭포도 쏟아진다.

내가 어렸을 적, 시골에선 깡통이 아주 귀한 물건이었다. 그때만 해도 우유나 통조림을 먹는 집이 거의 없기 때문이었다. 어쩌다 분유통 하나 구하면 모든 친구가 부러워할 만큼 불놀이 깡통으로는 최고였고 그만큼 귀한 보물급이었다. 아쉬운 대로 미군 부대에서 나온 통조림 깡통 하나만 있어도 좋았다. 그것도 구하지 못한 친구들은 작년에 썼던 녹슨 깡통을 들고나왔어도 아무도 무시하거나 자랑하는 친구는 없었다. 그냥 함께 놀면 그만이었다.

설이 지나고 나면 우리는 뒷동산에 올라가서 관솔을 캐기 시작했다. 정월 대보름이 되기 전에 불꽃놀이 준비를 우리 스스로 하는 거였다. 소나무 뿌리를 캐는 건데 불이 잘 붙고 오래 타서 불놀이로는 최고의 재료였다. 그것을 도끼로 잘게 쪼개는 일도 위험하다는 생각 없이 우리 손으로 했다. 그리고 해가 떨어지면 약속이나 한 것처럼 뒷동네 논 가운데로 모여 불을 붙였다. 성냥이 없어도 차돌 두 개와 마른 쑥만 있으면 불은 쉽게 붙일 수 있었다.

동네 오빠들이 힘차게 깡통을 돌리면 쑥에 붙은 불씨는 신이 나서 춤을 추며 살아났다. 팔이 짧아 잘 돌리지 못하는 내 불꽃이 사그라들 면 오빠들은 내 것도 돌려서 살려 주곤 했다. 그렇게 돌리다가 힘차게 던지면 아름다운 포물선을 그리며 떨어지는 모습이 하늘에 떠 있는 은하수 같았다. 쏟아지는 불똥은 무지개 폭포 같기도 하고 깡통 모습 은 별똥별 같기도 했었다. 서로 앞을 다투어 더 높이, 더 멀리 던지기 를 하면 어린 내 눈에는 참으로 경이로웠다.

정월 대보름날에는 어른들은 징과 꽹과리를 치며 마을 지신밟기를 하고, 동네 청년들은 뒷산에 올라 생솔가지를 한 지게씩 지고 내려왔 다. 밭 가운데에 커다란 달집이 만들어지고 뒷동산에 보름달이 뜰 때 쯤 풍물패는 마을 집집을 모두 돌아서 달집으로 온다. 작은 상이 차려 지고 아무나 한 잔씩 주거니 받거니 하는 동안 아이들은 떡과 전을 손에 들고 뛰며, 달집을 돌기도 하고 달집 안에 들어가 숨기도 했었다. 달이 조금씩 떠오를 즈음 달집에 불이 붙여지고 풍물패는 마지막 지신 을 밟으며 달집을 돈다. 불은 달을 맞으러 하늘로 솟고 장구와 꽹과리 는 목청껏 달을 부르며 마지막 신명을 다해 흥을 돋운다. 그 소리에 놀라 마을의 모든 재앙이 달아날 것 같았다. 우리는 덩달아 신이 나서 깡통을 들고 따라 돌며 불꽃이 사그라지기를 기다렸다.

달이 하늘 높이 떠오르고 불꽃이 사그라질 때쯤, 깡통에 불씨를 담고 각자 거리를 두고 자리를 잡아 돌리기 시작했다. 오빠들은 이리 던지고 저리 던지면서 누가 더 멋있게 던지는지 시합하기도 했다. 요즘 불꽃놀이처럼 화려하진 않아도 우리에게는 최상의 불꽃놀이였고 충분히 아름다웠다.

동네 청년들은 아랫동네 청년들과 불싸움을 이겨야 한다며 개덕바우 들판으로 가서 신나게 싸우다가 결국은 막걸리 파티로 끝이 난다고 했다. 달집태우기를 하고 나면 깡통 돌리기는 시들해지고 오빠들은 밀린 방학 숙제를 한다며 나오지 않았다.

그런데 하루는 위 아랫동네 청년들이 서로 깡통을 던지며 신나게 불싸움을 하다가, 불씨가 바람을 타고 멀리 마을로 날아가, 친구네 초가지붕 위에 앉는 바람에 집을 모두 태워 버렸다. 바짝 마른 짚으로 된 지붕은, 청년들이 모두 달려들어 불을 껐어도, 솥단지 몇 개 말고 남아있는 것이 없었다고 했다. 그 뒤로 마을 달집태우기와 불싸움은 사라져 버렸다. 애먼 친구네만 집터를 팔고 서울로 이사를 가버렸다.

그 뒤로 어른들은 우리에게도 논 가운데서 돌리기만 하고, 던지기는 하지 말라고 신신당부를 했다. 그전처럼 재미는 없었지만 그래도 겨울밤 놀이로는 참으로 따뜻하고 좋았던 기억이다. 아름답고 그리운 것들 중에 한 페이지 추억이다.

코로나 시대가 되고 세 번째 겨울이다. 손자 녀석이 매일 핸드폰 게임만 하고 논다. 두 해 정도를 학교에 제대로 가지 못하고 집에서만 생활하다 보니 아마도 게임 중독이 아닌가 걱정이 앞선다. 한창 밖에서 뛰어놀아야 할 나인데 돌아다닐 수가 없으니 무턱대고 나무랄 수도 없다.

우리가 어렸을 적엔 마구 싸돌아다니며 학원이 뭔지 모르고 놀기만 했어도, 지금은 각자의 자리에서 모두 열심히 잘살고 있다. 요즘 아이들도 해방된 마음으로 자유롭게 친구들을 만나서 뛰어놀면서 추억을 만들면 얼마나 바람직할까. 옛날 우리가 그랬던 것처럼 깡통 돌리기는 금물이어도 딱지치기라도 하면서….

[한국수필 2022.]

빈집에 가다

철원에서 새벽 다섯 시에 출발해서 도착한 친정집, 골목 끝 6, 70미터 남짓한 거리에 섰다.

양옆으로 망초 대와 시든 접시꽃 대가 높게 서 있고, 며느리밑씻개가 군데군데 커튼처럼 두꺼운 금줄을 쳐놨다. 순간 가슴이 먹먹하고 콧등이 시큰해졌다.

남편이 안전화를 신은 발로 내리밟으며 앞서가는 길을 나는 깡충깡충 뛰어넘으며 걸었다. 대문 앞이다. '잠자는 숲속의 공주'라도 안에 있는 걸까. 가시덤불이 대문을 촘촘하게 감싸고 있어 열리지 않는다. 손으로 대충 걷어내며 세차게 힘주어 밀자 안쪽을 감싸고 있던 덤불이 툭툭 끊어지며 간신히 열린다.

마당은 더 가관이다. 예전에는 빈집이어도 많은 꽃이 피어 있었는데… 나팔꽃 몇 송이만 보일 뿐, 망초대가 내 키보다 더 높이 자라있고 그 사이사이를 며느리밑씻개가 꿈틀거리며 촘촘히 뻗어있어 발 디딜 틈조차 없다. 심지어 토방을 점령하고 현관문까지 타고 올라가 손잡이까지 칭칭 감고 있다. 마치 누구라도 손대면 사정없이 긁어 버리겠다고 엄포라도 놓고 있는 것 같았다. 눈물이 왈칵 나와 가슴을 쓸어내려야 했다.

8·15 광복절 휴일에 친정어머니를 모시고 오기로 하고는 미리 고향집을 우리 부부가 찾았다. 언니들과 엄마가 그렇게도 그리워하는 고향집을 보여드리자고 날을 잡은 거다. 마음은 크게 걱정스러워도 그 마음들을 아는지라 누구도 나서서 반대하지 못했다.

큰언니가 내게 전화를 했다. 먼저 고향집에 가서 집 안을 좀 치워놓으면 좋겠다고 했다. 나도 직장이 있으니 먼저 내려갈 수가 없다고 했고, 이제 막 여름휴가를 마친 동생들도 같은 입장이었다. 걱정이 태산이어도 누구도 정답을 찾을 수 없었다. 나이가 많은 언니들은 불편한 몸으로 편찮은 엄마를 모시고 내려오기가 힘들었는지 날이 시원해진 9월에 모시기로 하고 포기했다. 고향집이 이런 상황인지도 모르고 엄마를 모시고 왔더라면 어쩔 뻔했겠는가. 다행이다 싶어 눈물이 주르륵 흐르며 크게 한숨이 나왔다.

남편이 녹슨 낫을 찾아 들고 덤불을 휘갈기기 시작했고 나도 열쇠를 찾아 문을 열고 대청소를 시작했다. 이따금 들렀을 땐 이렇게나 먼지가 많지 않았고, 마당 잡초도 이번처럼 무성하진 않았다. 1년여 만에 찾아왔으니, 세 번씩이나 걸레질하고 나니 비로소 다리 뻗고 누울 수가 있었다. 방이 예전 그대로의 모습이 되살아났고 마음이 평온해졌다. 그 새 낚시 갔다 온 남편이 에어컨 없는 집에서는 잠을 못 잔다며 모텔에 가자고 한다.

"여보, 이곳은 내가 태어난 쌈터야. 네 발로 구석구석 기어 다니며 자란 곳이라서 엄마 뱃속 같애. 난 너무 아늑하고 좋아서 여그서 자고 싶어요."

선풍기를 찾아 닦아서 틀었다. 두 달 전쯤 낚시 왔던 아들들이 놓고 간 햇반을 전자레인지에 데우고 라면을 끓여냈다. 낮에 동창들이 싸준 김치까지 곁들여 어설픈 한 상을 차렸다. 마침 소주 한 병과 맥주도 한 캔이 있어 냉동실에 넣어놨던 참이다. 이 집은 아버지가 손수 짓고 한국전쟁 당시 가마솥 아궁이에서 둘째 언니를 낳았고, 우리 남매들 모두 이 방에서 태어난 이야기 등 빈집을 가득 채워가며 쓸쓸한 축배를 들었다. 소맥이 참으로 달았다. 진안은 고산지대여서 밤에는 18도 까지 내려갔다. 에어컨을 안 틀어도 오히려 춥다. 문득 '이런 집에 엄마를 모시고 왔으면 어쩔 뻔했어.'라는 생각을 했다.

다음날 부산에서 동생 내외가 왔고, 수지 사는 남동생도 벌초하러 왔다. 부지런한 동생은 마당과 장독대, 우물가에 있는 저보다 키 큰 풀들을 깨끗이 정리했다. 비로소 풀 속에 갇혀 있던 옥잠화, 상사화 등 예쁜 꽃들이 얼굴을 내밀었다. 처음 들어갈 때 먹먹하게 아팠던 마음에 기쁨이 스며들었다.

동생들과 새로운 추억을 만들어서 빈 고향집에 차곡차곡 쟁여놓고 는 떠나오는 마음이 가벼워졌다. 찬 바람이 불 때쯤 엄마를 모셔 와도 좋겠다.

설이 다가오는데

설이 다가오고 있다. 한 해가 왜 이리 길고도 짧았는지 모르겠다. 작년 이맘때쯤 요양원에 계시는 친정엄마를 뵙고 왔었다. 그때만 해도 이렇듯 오랜 기간 엄마를 못 볼 거라는 생각을 못 했다.

"설에는 엄마가 기다리는 아들이 올 테니 저는 설이 지나면 올게요."

가벼운 마음으로 돌아왔다. 그리고 설 연휴에는 멀리 떨어져 사는 동생들과 가까운 곳으로 여행을 다녀왔다. 그런데 설 연휴가 끝나기도 전에 코로나 확진자가 생기더니 기하급수적으로 걷잡을 수 없이 늘어났다. 전 세계가 긴장했고, 모든 것이 멈춰버린 것 같았다.

나도 남편이 서울에서 일하는 주말부부라는 이유로 재가 요양 일도 오지 말라 해서 수입마저 줄었다. 당연히 친정엄마 면회도 금지되었다. 곧 풀릴 것이라 여겨서 참았다. 그런데 봄이 가고 여름이 가고 추석 때까지도 요양원 면회가 풀리지 않았다. 오로지 자식들 오기만을 기다리고 계실 텐데, 얼마나 두렵고 외로우실까.

친정엄마를 생각하면 참으로 길고 긴 시간들이었다. 마음이 아파도 어쩔 방법이 없었다. 어쩌다 두 사람만 면회를 오라는 요양원 측 연락을 받으면 오매불망 기다릴 아들이 가야 하니 딸들은 뒤로 빠져야 한다. 그것도 바로 볼 수도 없이 멀리서 담 너머로 보고 오든지 전화를 걸고 유리창 너머로 면회가 된다고 했다. 어떻게 해도 마음만 아플 뿐이다. 이제나저제나 하는 기다림의 시간은 이렇게 또다시 설을 맞이하고 있는 것이다. 그동안 치매땜에 과거로 가고 있던 엄마의 기억은 지금 어디쯤 가고 있을지. 이왕이면 제일 행복했던 시절에 가 있으면 좋겠다.

엄마는 무척 부지런하셨다. 설이 오기 전엔 언제나 찹쌀을 불려 갈아서 유과랑 부각을 만들고 술을 담그고 한복을 지으시기도 했다. 비단 천을 끊어 와서 밤새 우리의 한복을 만들고 남은 천으로는 곱게 복사꽃 수를 놓아서 복주머니까지 만들어 주셨다. 그것도 낮에는 베짜는 일을 하고 밤에는 물레질해 가면서 틈틈이 마련하셨다. 그때는 그것이 얼마나 소중하고 귀한 선물인지 몰랐다. 다른 친구들처럼 두툼한 점퍼나 솜이 들어간 다우다 바지가 아닌 것이 서러웠고 족제비 털 목도리가 아닌 것이 섭섭했다.

엄마가 여든을 맞이하는 설이었다. 며칠 전부터 여러가지 색의 공단을 끊어와서 열 몇 개의 복주머니를 만드셨다. 오색실을 꼬아서 끈을 만들어 손으로 일일이 꿰매느라 얼마나 손가락이 아프셨을까. 아마도 긴긴 겨울밤을, 그 큰 시골집을 홀로 지키면서 일흔아홉 인생을 쓸쓸히 마무리하신 건 아닌가 싶다.

"엄마 왜 이리 많이 만드셨어요?"

"내 생애 이것이 마지막 바느질이 될 것 같다. 이제는 눈도 어둡고 손가락 힘도 없어서 힘들 것 같당게. 예전 같으면 실을 더 꼬아서 팔찌도 만들면 좋을 텐데 기운이 없어서 그것까정 헐 수가 없었어."라면서 쓸쓸한 미소를 지으셨다. 오색실을 꼬아서 만든 팔찌는 정월 대보름에 팔에 묶어 주면서 한 해 동안 무탈과 건강을 기원하셨던 기억이 난다. 그런데 그 팔찌를 만들지 못한 것이 못내 아쉬워하셨다.

주머니는 설에 나눠주지 않으셨다. 정월 스무사흗날 엄마 팔순 때 천 원짜리 두 장씩을 넣어서 손주들한테 나눠 주셨다.

"엄마 그래도 배춧잎 한 장씩은 넣었어야죠."

"그랄려고 했는디 수가 많아서 그것도 상당히 많이 들어갔당게."

그랬다. 일곱 남매가 나은 아이들이 상당한 숫자였다.

그때 고등학생이던 딸아이가 한복을 무척 좋아해서 머리에 빨강 댕기를 드리고, 저고리 앞섶에 복주머니를 매달고 다니면서 사탕이나 초콜릿 주머니로 썼다. 학교 갈 때는 책가방에 매달고 다닐 정도였다. 친구들이 놀리면 어쩌나 했더니 아니란다. 오히려 부러워한단다. 오랫동안 가지고 있었던 기억이다. 그 귀한 것이 지금은 어디로 사라졌나 기억에도 없는 것이 내가 참으로 무심하게 살았다는 생각이다.

또다시 설이 오고 있는데 엄마의 기억은 어디쯤 가고 있을까. 혹시라도 18년 전 그때 그 기억으로 꿈속에서 오색실을 엮어가며, 비단 천을 사러 장에 가고 계시는 건 아니실지… 차라리 그런 꿈이라도 꾸고 계시다면 얼마나 다행인가 싶다. 귀가 어두워서 전화도 어려운 울 엄마가 몹시도 그리워 목이 메는 밤이다. 빨리 코로나가 끝나고 만나 봤으면 좋겠다. 딸이 무척이나 아끼고 좋아했던 복주머니나 찾아봐야겠다.

수다

부산에서 사는 동생과 전화 통화를 한다. 아직도 못다 한 이야기가 많은데 벌써 한 시간이 넘었다. 대부분이 시시콜콜한 이야기지만 재미있다.

보통은 스피커폰으로 가족과 함께 듣기도 하고 일하면서 왔다 갔다 하는데도 불편하지 않다. 동생은 블루투스를 사용한다고 한다. 통화 중에도 "언니 잠깐만, 나 계산 좀 하고….".라고 한다. 전화하면서 마트에서 이것저것 장을 보느라 잠깐 통화가 멈췄지만 전화가 끊어진 것은 아니다.

동생은 퇴근하면서 가파른 골목을 오르다가 조금 어두운 곳이 나오기 전에 전화한다. 무섭다고, 그렇게 시작한 전화가 집에 도착하기 전에 마트와 약국에도 들러서 물건을 사고, 아는 어르신들 만나 인사도 하고, 아는 동생하고 잠깐 몇 마디 말도 함께 건넨다.

휴일엔 남편들이 옆에 있어도 통화는 시작된다.

"하~ 뭔 놈의 전화를 그리 오래 하노."

"아이고, 그럼 전화하지 말고 만나러 갈까? 돈이 얼만데….".

"아이다. 고마, 통화 계속해라."

슬그머니 꼬리 내리고 방으로 들어가는 제부이고 내 남편 모습이다. 자매가 부산과 철원을 오고 갈 수 없으니 전화로 만나서 수다를 떨겠다고 하는데 그걸 어찌 말릴 수 있겠는가.

오늘은 동창들을 만나서 재미있던 이야기부터 시작해, 마침내 한 친구가 지나치게 계산하고 따져서 분위기 상한 것까지 다 듣고 나니, 결국 나도 동생네 동창회에 참석한 꼴이다.

동생은 요리하다 말고도 전화를 건다.

"언니! 아욱은 국을 끓이지 않고 따로 먹는 방법 없나, 이미 오리백숙을 해놨는데 그냥 두면 무를 것 같고 상하기 전에 뭔가 해놔야 할 것인디."

나는 머리를 짜내어 생각한다.

"글쎄~ 나도 국 말고는 해본 것이 없어서…."

"아, 아니다. 백숙 죽 끓이는 데 잘게 다져서 넣으면 시원한 맛이 난다. 아니면 수제비를 끓여도 좋은데 오늘은 주물러서 거품을 빼고 된장에 묻혀 자박자박 지져도 좋을 것 같은디… 그럼 무른 거 좋아하는 이 서방도 잘 먹을 거야."

그렇게 나는 동생네 저녁 밥상도 함께 차린다.

그러다 보니 그 집 밥상에는 무슨 반찬이 올랐는지, 우리 집 밥상에는 뭐가 올랐는지 서로 훤히 알고 있다.

오늘도 벌써 동생이랑 아침에 통화하고 점심에, 지금 저녁을 차리면서 통화 중이다.

"언니야, 공부 좀 했나."

"야! 말마, 날은 덥지 머리는 뒤틀리고 졸립지, 귀에 뭔들 들어 오겠냐."

"너무 열심히 할 필요 없다. 그냥 이해만 해도 된다. 글구, 문제만 잘 풀어보면 시험은 그리 어렵지 않다."

어렵지 않은 공부가 어디 있단 말인가. 시험을 치르고 나 봐야 어려운지 쉬운지 아는 거지. 요양보호사 시험을 준비하고 있는 내게 몇 년 선배인 동생은 쉽다고 위로의 말로 응원을 한다. 그러면서 우리 집 밥상도 동생이랑 함께 차렸다.

"야, 다음에 또 통화하자."

시계를 올려다보던 남편, "이제 겨우 한 시간인데 벌써 끊으려고? 아직 못다 한 이야기는 만나서 하면 되겠네."

나도 당당하다.

"나가서 사람들 만나서 놀아 볼까? 고스톱도 치고, 떼로 뭉쳐서 점심도 먹으러 다니고, 노래방에도 가고…."라는 반격에 남편은 슬그머니 꽁지를 내린다.

매일 전화로 만나는 동생과 속내를 터놓다 보니 더욱 살갑게 느껴진다. 누가 먼저랄 것도 없이 시간 나는 틈틈이 전화를 걸어 수다를 떤다. 그렇게 오늘도 돈 안 들이고 스트레스 확 날려버렸다.

4부 |

학지에 연꽃이 피었다

도미 부인을 만나다

문을 열고 들어서자 우리네 엄마 같기도 하고 옆집 아주머니 같기도 한 여인이 단아한 모습으로 우리를 내려다보고 있다.

한참을 바라보던 남편이 "여보, 당신 왜 저기 앉아 있어?"라고 너스레를 떨더니 또 함께 온 일행들에게 "아닌가. 제수씨가 앉아 있는 것 같지?" 한다. 남편도 내가 느끼는 감정과 비슷하게 편안한 모습이라고 생각한 것 같다.

지나다니는 길목에 있는 '도미 부인 사당'이라는 표지판을 보고 몇 달을 별러서 마음먹고 찾은 것이다.

미인도라는 섬에서 태어난 도미 부인은 백제에서 이름난 미인이었다. 평민인 도미와 결혼한 부인은 아름답기도 했지만, 행실에 절조가 있어 사람들로부터 칭찬이 자자했다. 백제 개루왕은 이를 듣고 도미를 불러 "대체로 부인의 정절을 으뜸으로 치지만 사람이 없는 곳에서 달콤한 말을 하면 흔들리지 않는 사람이 드물 것이다."라는 말에 도미는 "사람의 정은 헤아릴수 없는 것이지만, 저의 아내와 같은 여자는 죽어도 변함이 없을 것입니다."라고 응수하였다.

그로부터 도미와 그의 부인의 시련이 시작되었다. 왕은 이를 시험하기 위해 일을 핑계로 도미를 붙잡아 두고 신하를 왕으로 꾸며 도미 집으로 보낸다. 가짜 왕은 "내가 오래전부터 네가 예쁘다는 말을 듣고 도미와 내기를 하여 이겼다. 너를 데려다가 궁인으로 삼을 것이니 너의 몸은 내 것이다."라면서 덤벼들자, 도미 부인은 "국왕은 망언을 하지 않을 것이니 제가 감히 어찌 순종하지 않겠습니까. 청컨대 왕께서는 먼저 방으로 들어가십시오. 제가 옷을 갈아입고 들어가겠습니다." 그리고 물러 나와 여종을 예쁘게 단장시켜 들여 모시게 했다.

나중에 왕이 속은 것을 알고 화가 나서 도미의 두 눈을 뽑아버리고 조그만 배에 태워 강에 띄워 보냈다. 개루왕은 참으로 속이 좁은 자였던 것 같다. 도미의 말대로 정조를 지키는 절조 있는 여자면 상을 줘야지 시기를 하고 그리 못된 짓을 했다니….

"못난 놈…" 기념비에 새겨진 도미 부인의 사연을 읽으면서 같은 여자로서 개루왕에게 분노했다.

마침내 그 부인을 궁으로 끌어들인 왕은 억지로 부인을 간음하려 하니 "이제 남편을 잃어 혼자 몸으로는 스스로 부지할 수 없는데 왕을 모시게 되었으니 어찌 감히 어기겠습니까. 그러나 지금은 제가 월경 중이라 몸이 더러우니 다른 날 목욕을 깨끗이 하고 오겠습니다."

왕이 그 말을 믿고 하락하자 그녀는 도망하여 강어귀에 도착했다. 건널 수가 없어 하늘을 바라보며 통곡을 하는데 갑자기 배 한 척이 물결을 따라 나타났다. 부인이 그 배를 타자 흘러 '천성도'라는 섬에 이르러 남편을 만났다. 남편은 풀뿌리를 캐 먹으며 비참하게 살고 있었다. 그런 남편을 보는 부인의 마음이 얼마나 아팠을까. 생각만으로도 가슴이 아려왔다. 부인은 남편과 함께 배를 타고 고구려로 도망하여 불쌍하게 살다가 객지에서 일생을 마쳤다고 한다.

사연을 읽으면서 어떤 모임에 갔던 일이 생각났다. 아는 분을 따라갔는데 나를 '애자'라고 불렀다. 무슨 뜻인지 몰라서 물어보니 내가 '2등급 장애자'라고 했다. "아니 나는 아픈 곳이 없는데 내가 왜?" 하고 물어보니 요즘은 남편은 있는데 애인이 없으면 2급, 남편은 없고 애인만 있으면 3급이란다. 도미 부인이 들었으면 기절할 일이다. 그 뒤로 모임도 아는 분도 결별하고도 한동안 마음이 좋지 않았다.

도미 부인 설화는 우리가 잘 아는 ≪아랑의 정조≫ ≪몽유도원도≫ 같은 소설로 만들어지기도 했다. 〈아랑전〉이라는 악극이나 뮤지컬로도 만들어져서 우리가 잘 아는 이야기이기도 하다. 나도 처음엔 아랑과 도미 부인을 연관 짓지 못하고 다른 설화의 주인공으로 생각하고 방문을 했던 거다.

도미 부인 사당은 충남 보령시 오천면에 있다. 바다가 한눈에 내려다보이는 조서산 상사봉 중턱에 아담하게 자리 잡고 있는데 그 경관이 참으로 시원하고 아름답다. 도미 부인과 관련된 설화가 전해지고 있는 지명, 미인도, 도미항, 천성도, 상사봉 등을 고려하여 사당을 짓고 경남 진해시에 있던 도미총을 이장해 와서 합장묘를 조성하였다고 하는데 또 의문이 생긴다.

고구려에서 사망한 도미의 무덤은 어떻게 저 남쪽 진해까지 내려가서 만들어졌을까. 더군다나 아주 궁핍하게 살았다는데….

이런저런 생각을 하며 무덤 주위를 돌고 있는데 일행들이 빨리 내려 오라고 한다, 내 마음과 다르게 서두르는 것이 못내 아쉬워서 나머지 궁금증은 핸드폰으로 더 찾아봐야 할 것 같다. 벚꽃이 흐드러지게 피는 날 아랑을 다시 만나러 와야겠다고 생각하며 그때는 혼자 와서 여유롭게 주변을 돌아보고 바닷가에도 내려가 보고 싶다.

짧지만 오랜만에 의미 있는 여행을 한 것 같아 행복한 하루였다.

학지에 연꽃이 피었다

연꽃이 흐드러지게 폈다.

학지 무지개다리 옆 논에 피었다. 나는 3주째 연꽃을 보러 이곳에 온다. 사진을 찍어 여기저기 톡으로 꽃 선물을 한다. 모두가 '넘 예뻐요.' '와우~ 멋있다.' '나도 가보고 싶당.' 등등 찬사와 부러워하는 답이 온다.

일하는 남편에게 핑크색 연꽃을 한 송이 보냈다. 바로 전화가 왔다.

"뭐야? 무슨 뜻이야."

"뭐가요?"

"아니, 그 꽃이 뭐냐고?"

왜 보냈느냐고 묻는 것 같았다.

"연꽃 하면 뭐가 생각나는데?"

"부처님?"

"부처님 말고 또 생각나는 건 없어요?"

내심 '당신 오늘도 학지 갔어?' 하고 물어줄 걸 기대했는데 나에겐 전혀 관심이 없는 것 같아, 조금은 실망이다.

"이 사람이, 연꽃 하면 부처님 말고 뭐가 생각 나겠어. 부처님 하면 연꽃이고…"라면서 이상한 염불을 외운다. 언제부터 불교를 믿었다고 그러는지 속이 좀 더 상했다.

"왜? 심청이는 어쩌고. 연꽃을 타고 나타났잖아."

톡 쏘아주고 전화를 끊었다. 하긴~

얼마 전 학지로 낚시를 다녀온 남편에게 "여보! 학지에 연꽃 정말 예쁘지. 엊그제는 덜 폈던데 오늘은 좀 많이 폈어요?" 하고 묻자 남편은 일언지하에 "아니, 나는 연꽃 한 송이도 못 봤는데." 그다음 날에도 물었더니 당연히 못 봤다고 한다.

"아니, 그렇게 흐드러지게 핀 연꽃을 못 봤다구요?"

어이 상실이었다. 얼마나 열심히 앞에 있는 물속만 보며 걸었으면 뒤에 있는 연꽃이 보이지 않았을까? 역시 염불에는 관심이 없고 잿밥에만 관심이 있는 사람이다. 그래도 나는 연꽃이 좋아서 거의 매일 운동을 핑계 삼아 꽃을 보러 간다. 연꽃을 보고 있으면 옛날 추억이 많이 생각난다.

보트를 타고 연꽃 사이를 누비던 전주 덕진공원, 우리나라에서 제일 넓다는 김제 청하 농장, 영광 가는 길에 고창 어느 바닷가 연꽃밭, 모두가 다시 가보고 싶은 곳들이다. 아마도 이런 추억들 때문에 학지 연꽃밭을 자주 찾는지도 모르겠다.

정읍에 살 때였다. 내가 일하러 가는 길목에 커다란 연꽃밭이 뒷산과 어우러져 매우 아름다웠다. 매일 그 길을 달리던 어느 날 고등학교 때 선생님을 만났다. 맛있는 점심을 대접하고 나서, 그 연꽃밭을 보여

드리고 싶어 자신 있게 달려갔다. 차를 세우는 순간 눈물이 나올 것 같았다. 너무도 미안하게 불과 며칠 만에 꽃이 모두 지고 연밥만 가득했다. 암 투병으로 몸이 많이 쇠약해지고 연로하셨던 선생님은, 그래도 초록빛이 너무 좋다고 오히려 나를 위로해 주셨다. 끝내 선생님은 돌아가셨지만 지금도 소중하고 아쉬웠던 추억이다.

몇 년 전 친정어머니가 머리 수술을 하고 두 해 정도 지났을 무렵, 경남 함양에서 열린 연꽃 축제에 모시고 갔다. TV에서 연꽃이 한창이라 무척 예쁘다는 영상을 보여주기에, 부산 동생과 작은아버지까지 모시고 두 시간여 고속도로를 달려갔다. 사람들이 아주 많이 북적이는데 연꽃은 거의 지고 몇 송이 남아있지 않았다.

그래도 엄마랑 작은아버지는 "좋다, 좋다"를 연발하시면서 아주 즐거워하셨다. 사람이 너무 많아 식당마다 줄을 서야 했다. 아픈 엄마랑 어린 쌍둥이 손녀를 데리고 줄을 설 수가 없어 결국은 맛있는 것도 사 드리지 못하고 고속도로 휴게소에서 늦은 점심을 먹었다. 그럼에도 엄마랑 작은아버지는 이제까지 먹은 쇠고기 국밥 중에 제일 맛나다며 '엄지척'을 했다. 그것이 엄마와 마지막 여행이 되었다.

아직도 학지에는 진흙을 뚫고 나와 해맑은 모습으로 연꽃이 피어 있다. 언뜻 보면 대단히 화려하고 귀티가 나지만, 자세히 보면 씨앗 방을 품고 있어 꼭 아기를 안고 있는 엄마의 모습이다. 결국은 씨앗방만 남기고 한 잎씩 떨어지는 모습에서도 모든 걸 자식들에게 내주고 희생하는 부모님 마음과 닮아있다는 생각이 든다. 그래서 더욱 연꽃이 좋다. 초록 잎 위로 고고하게 올라와 있는 연밥은, 다 내주고도 웃고 있는 엄마 얼굴을 닮아있다.

　남편도 한 곳만 보는 사람이 아니라 주변에 관심을 갖고, 연꽃도 보고 연잎 위에 앉아 있는 개구리도 보며 즐길 수 있는, 마음의 여유를 가진 사람이기를 바란다.

[사임당문학 2021.]

4월이 기다려지는 이유

인삼 튀김에 인삼갈비구이를 시켜놓고 둘러앉은 반월 분교 동창들이 인삼 막걸리 술잔을 높이 들고 건배를 한다.

바람이 사르르 꽃비를 뿌리며 지나갔다. 술잔마다 벚꽃 잎이 서너 장씩 띄워지는 행운이 왔다. 순간 모두 환호성과 함께 고민에 빠졌다. 호호 불어내며 마셔야 하나, 아니면 꽃잎을 안주 삼아 함께 마셔야 하나… 여자들은 마시지 말고 보고만 있어도 좋았다.

내 고향은 진안 마이산 아랫마을이다. 누구네 집 마당에서도 집 앞으로 어른들이 말하는 '속금산'이 우뚝 솟아 장승처럼 안방까지 굽어보고 있다. 어려서 지겹도록 소풍도 가고 놀러도 다니던 곳인데 몇십 년이 지나도 해마다 동창들이 모이면 내 집처럼 당연히 발길이 그리로 향한다. 그날도 그랬다.

아랫말 윗말 친구들이 모여 비어 있는 우리 친정집 마당에 가마솥을 걸었다. 추어탕을 끓이고, 솥뚜껑을 뒤집어 장작불에 삼겹살을 구워, 한 잔씩 주거니 받거니 밤새 놀다가 누구는 부모님 댁으로 누구는 친구네서 자고 아침 속풀이를 위해 마이산 벚꽃 길을 걸었다. 그림같이 아름다운 바위틈으로 나 있는 길에는 유난히 키가 큰 왕벚꽃이 한창이었다.

보는 것만으로도 황홀한 길을 걸으며 친구들과 함께라서 더욱 행복했다. 읍내 본교 동창이 운영하는 식당에 도착하니 이른 시간인데도 홀에는 그곳에서 밤을 보낸 관광객들로 가득했다. 우리는 홀 밖에 있는 테이블에 앉았다. 그런데 술잔에 꽃잎이 빠져 황홀한 고민을 하게 된 것이다.

평상시 끼가 넘치는 친구가 일어나 벚꽃이 둥둥 떠 있는 술잔을 들고 '벚꽃 엔딩' 노래를 불렀다.

"그대여~ 그대여… 봄바람 휘날리며♬♪ 흩날리는 벚꽃잎이~ ♩♬"

모르는 노래를 함께 아는 부분만 따라 하고 힘차게 건배사를 외치며, 모두 꽃잎을 안주 삼아 벌컥벌컥 마셨다. 그리고 탑사까지 걷는 길은 참으로 아름다웠다.

산골에서 욕심 없이 자란 우리는 모처럼 꺼내놓는 어린 시절 가난마저도 아름다운 추억으로 예쁘게 살아나 여러 편의 동화가 만들어지고, 흉내도 내며 더욱 돈독해진 우정을 확인한다. 그리고 건강한 내년을 기약했다. 친구들과 즐거운 하루를 감탄과 감동으로 보내고 헤어진 뒤, 꽃비가 흩날리는 꿈속 같은 길을 걷다 온 기분이었다며 딸이랑 며느리한테 전화했다.

마이산의 아름다운 벚꽃 길을 잘 아는 딸은 아이 둘을 데리고 양주에서 네 시간이 넘는 길을 한걸음에 달려왔다. 밤이 되자 군산에 일

보러 내려오던 아들도 며느리랑 아이들을 데리고 도착했다.

이틀 후 나는 딸과 손녀들을 데리고 다시 마이산엘 갔다. 딸과 유모차를 밀며 걷는 길이 처음 온 것처럼 즐거웠다. 바람결이 살짝 스치기만 해도 벚꽃이 흩날리는 것이 한겨울 함박눈이 쏟아지는 것처럼 소복소복 길가에 쌓였다. 우수수 떨어지는 꽃잎이 장관이었다. 많은 사람이 환호성을 질렀다. 그 소리에 놀랐는지 또 와르르 꽃잎이 스러졌다.

"얘들아, 꽃비 너무 좋지?"

"함머니, 이건 비가 아니라 꽃눈이에요. 보세요, 비는 옷이 젖잖아요. 이 꽃잎은 옷이 젖지 않는데 왜 꽃비라고 하세요? 맞지 잉?"

손녀가 길가에 수북이 쌓여있는 꽃잎을 두 손 가득 집어서 폴짝거리며 뿌려 날린다. 갑자기 꽃 눈싸움이 시작되었다. 그때 길가로 뛰어가던 손자 녀석이 물속을 가르치며 "그럼 저건 얼음꽃이야." 한다. 우르르 그리로 몰려간 녀석들이 "앗싸~ 우리 썰매를 타도 되는 거네~."라며 좋아한다.

꽃잎이 참으로 많이 떨어진 탓에 물이 보이지 않고 하얗게 덮여 있었다. 하늘이나 땅이나 물속이나 온통 벚꽃 세상이었다.

해마다 벚꽃이 피는 4월이면 그곳에서 동창회를 하는데 작년에는 코로나19로 인해 모임을 갖지 못했다. 제발, 이제라도 팬데믹이 끝나고 자유롭게 고향, 마이산에서 벚꽃이 만발하는 날 모임을 갖고 싶다. 그러면 또 우리는 마이산 길을 걸으며 인삼 튀김에 인삼갈비 시켜놓고, 잘 알지도 못하는 '벚꽃 엔딩' 노래를 부를 것이다. 봄바람에 휘날리는 꽃눈을 맞으며 인삼막걸리를 들고 힘차게 건배사도 외쳐보고, 아

름다운 호숫가를 지나 탑사까지 걸으면 얼마나 좋을까. 매년 4월이
기다려지는 이유다.

벌써 눈앞에, 마이산을 닮아 키가 큰 왕벚꽃 나무에서 흐드러지게
꽃비, 아니 꽃눈이 휘날리는 모습이 아련하다.

[한국수필 2021.]

가을을 즐기다

바스락~ 바스락~.

낙엽 밟는 소리가 맑은 계곡물 소리와 어우러져 경쾌하다. 솔숲에 이는 바람 소리도 은은한 멜로디의 한 부분인 듯 바스락거리는 소리에 리듬을 더해준다. 마치 잔잔한 오케스트라의 음악을 듣는 듯 귀를 기울이게 하니 발걸음도 더욱 가벼워졌다. 사찰 안마당에는 산사음악회를 위한 무대 설치가 한창이었다.

바쁜 시즌이 끝나고 직원들은 제주도로 갈치 낚시를 떠나고 사무실엔 남직원 한 명과 여직원 한 명, 주방 찬모인 나 셋만 남았다. 시간이 넉넉하니 점심은 나가서 먹기로 했다. 평소 가보고 싶었던 곳을 검색해 보니 20분 거리에 있다.

자동차로 미련 없이 달렸다. 내가 사는 아파트를 지나고 터널을 하나 지났는데 금방 깊은 산속이 나오고 개울물이 흐른다. '심심 계곡'이라는 팻말로 미루어 짐작하건대 터널이 있기 전까진 무척 외진 오지였을 것 같다. '석탄 박물관'도 있었는데 이곳이 탄광촌였구나 싶다. 네비 아가씨가 안내하는 대로 갔는데 전파가 잘 통하지 않아선지, 목적지가 나오지 않아 더욱 깊은 산속으로 들어갔다.

햇살을 받은 만추의 계곡 따라 매우 아름다운 풍경이 펼쳐졌다. 오색찬란한 단풍이 아름다운 여인의 자태로 최고의 美를 자랑하고 있었다. '세상에, 우리 집에서 10분도 안 되는 거리에 이런 절경이 있을 줄이야~' 정말 나오기를 잘했다.

목적지를 지나친 것 같아서 다시 한참을 되돌아 나오다 보니 성주사지가 있었다. 큰 사찰이었던 듯 넓은 터에 신라 시대에 건축되었다는 건물은 사라지고, 온전하지 못한 탑과 주춧돌들이 자리를 지키고 있었다. 힘없이 걸터앉은 가을볕을 타고 앉아 보니 앞산이 장관이라 봄이 되면 다시 오겠다고 약속을 해버렸다.

내친김에 원효대사가 '성주사지가 명당이긴 하나 무량사를 넘지 못한다.'라는 말이 생각나서 다시 길을 나섰다. 차창으로 펼쳐지는 단풍이 참으로 아름다웠다. 드라이브하는 재미가 절경 앞에서 더욱 달달하고 좋다. 잠시 후 고려 시대 사찰 이정표를 만났다. 주차장에서 많이 걷지 않아서 우선 좋다.

주차장 옆 '光明門'이라 쓴 일주문을 지나 왼편으로 다리를 건너는데 그곳부터 발밑에서 낙엽이 바스락거리기 시작했다. 조금 오르니 다시 왼편으로 놓인 다리 쪽으로 걸음을 옮긴다. 그곳엔 매월 김시습 시비가 있고 묘비석도 있었다. 봉분은 없는데 상석도 있는 걸 보면 아직도 제를 지내는 것 같았다. 참으로 아이러니하게도 내가 살았던 강원도 철원에는 김시습이 살았다는 동굴이 있고, 앞에 그의 호를 따서 '매월대'라는 폭포가 있어 자주 찾곤 했었다. 그곳도 비경이었는데 이곳 역시 비경이다. 다시 본 듯 반가운 마음도 들어 그의 시비를 보며 자꾸만 읊조리게 된다. 보이는 곳마다 단풍이 눈길을 잡고 셔터를 누르게 했다.

고즈넉한 사찰을 돌며 깊은 가을의 정취를 맘껏 품어 안고 즐겼다. 산사음악회가 있다는데 그때 꼭 다시 오고 싶다. 그런데 '토요일'에 열린다니 토요일이 더 바쁜 나에게는 아쉽기만 하다. 구석구석 단풍을 즐기고 내려오는 길에 다시 김시습 시비 앞에 섰다.

새로 돋은 반달이 나뭇가지 위에 뜨니
山寺에 저녁 종이 울리기 시작하네
달그림자 아른아른 찬 이슬에 젖는데
뜰에 찬 서늘한 기운 창틈으로 스미네

짧은 오후 몇 시간이지만 풍성한 한 해 가을이 되었다.

[2022. 11.]

한탄강의 여름날

코로나19가 우리 인생에서 지난 1년을 없애버린 것 같다. 노인들을 보살피는 요양보호사여서 서울에서 일하다가 주말에 집에 오는 남편도 피해 다녀야 했다. 하루 종일 쓰고 있어야 하는 마스크도 힘들었지만 못내 섭섭해하는 남편에게 제일 미안했다. 이제는 백신 예방접종을 하고 있지만 아직은 끝나지 않은 전쟁이다.

이런 세상을 아는지 모르는지 오늘도 한탄강은 작년에 입은 수해의 흔적을 안고 유유히 흐르고 있다. 사람들이 별로 찾지 않는 곳이라 운동하기 좋아 쉬는 날이면 자주 들러서 걷곤 한다. 길게 흐르는 강 옆으로 해마다 만들어지는 추억도 함께 걷는다.

몇 해 전, 고향 친구들이 부부 동반으로 놀러 왔다. 여름이면 한 번씩 모이는 친구들이다. 우리는 더위를 피해 이 지역 주민만 아는 수피령제로 갔다. 하늘도 보이지 않는 숲속 계곡 널따란 바위 위에 자리를 잡고 삼겹살을 굽고, 산나물과 더덕을 캐 와서 부침도 하고. 견지낚시로 산골메기도 잡았다. 모처럼 어린 시절로 돌아간 듯 물장구를 치다가 물싸움도 했다. 이내 추워졌다. 하는 수 없이 강가로 내려왔다.

누군가 쓰다가 버린 족대를 주웠다. 남자들은 첨벙거리며 물고기를 잡는다며 물놀이를 했다. 여자들은 그 모습이 재밌어, 손뼉을 치며 웃다가 이내 다슬기를 잡았다. 씨알이 굵어 제법 많이 잡았다. 금방 작은 냄비로 하나가 되게 잡았으니 다슬기 수제비를 해 먹어도 좋겠다는 의견에 모두 찬성이었다. 그리고 남자들이 다슬기를 삶아서 까고 수제비 대신 라면을 끓여 먹었다.

이제 막 장마가 끝난 한탄강에는 물이 세차게 흐르고 있었다. 우리는 승일교 아래 모래밭에 텐트를 쳤다. 그리고 옆 바위로 올라가서 자리를 잡고 고기를 구워 술안주를 만들어 주거니 받거니 어린 시절 이야기로 즐거운 시간을 보냈다. 누군가 한가락 흥타령을 뽑기 시작했다. 고향이 남쪽인 남편과 친구들은 육자배기 한가락 정도는 쉽게 부를 수 있는 수준가들이다.

아리아리랑으로 시작해서 쑥대머리로 이어진 노랫가락은 구성지게 쥐어짜는 듯한 회심곡까지 사람을 웃겼다 울렸다 하는데 장단은 필요가 없었다. 바로 세차게 흐르는 한탄강 돌 굴러가는 듯 물소리가 장단이고 간간이 덜커덩거리며 다리 위를 달리는 자동차 소리가 장단이었다. 어두컴컴한 바위 위에서 흥에 겨워 어깨를 덩실거리며 놀다 보니 강 건너 둑에서 불빛들이 번쩍이기 시작했다. 예닐곱이 흥겹게 노래하며 춤을 추고 있으니 아마도 공연을 하는 걸로 착각한 사람들이 몰려든 것 같았다. 강둑에는 많은 사람이 죽~ 앉아서 구경하며 박수를 치고 있었다.

한국 사람들은 이상한 성격이 있어, 잘 놀다가도 자리를 깔아주면 시들해진다. 우리도 그랬다. 그렇게 재미나게 덩실덩실 춤을 추며 타령을 부르던 친구들이 관중을 의식했는지 슬금슬금 텐트 속으로 들어가 버렸다.

다음날은 깊은 계곡으로 가재를 잡으러 갔다. 명색은 가재 잡기지만 실은 더위를 피해 물장난 칠 곳을 찾아간 거였다. 큰 돌을 뒤집으며 힘자랑도 하고 물속에 넘어지는 척 뒹굴기도 하면서 다시 어린 시절로 돌아간 친구들도 재미있었지만 그런 모습을 못 보고 자란 친구 부인 서울댁이 처음엔 공주인 척하더니 나중에는 더욱 신나 하면서 즐기는 모습이 내겐 더 재미났다. 그리고 추억 한 페이지씩을 안고 돌아가면서 내년에 또 오자고 약속했는데… 아쉽게도 코로나19에게 빼앗겨버렸다.

하늘도 보이지 않고 오돌오돌 떨게 하는 수피령 계곡물, 낮에는 뜨겁지만 밤이 되면 정이 더 끈끈해지는 한탄강, 가재를 잡으며 첨벙거리던 깊은 산골, 모두가 그리운 추억이 되었다.

며칠 전 나도 코로나 백신 예방접종을 했다. 다음 주 토요일이면 남편도 예방접종을 한다. 이렇게 서서히 그전 생활로 돌아가고 있다. 지루하고 보이지 않는 전쟁의 종말이 다가오고 있다는 생각이다. 그날이 이번 여름이었음 좋겠다.

그럼 제일 먼저 친구들을 불러 모아 수피령제로 가서 바위 위에 자리 잡고 산나물 넣고 라면부터 끓여 먹고, 비 오는 한탄강에 가서 시원하게 옷을 적시며, 흥겨운 타령을 부르고 덩실덩실 어깨춤이라도 추고 싶다.

[그린에세이 2021.]

계웅산(鷄雄山)을 보며

"엄마! 나는 천국의 계단이 정말 싫어요. 그곳만 다녀오면 무릎이 다 없어질 것 같아. 단 한 발만 헛디뎌도 천 길 낭떠러지로 떨어져서 시체도 못 찾을걸요."

어느 해 겨울, 아들이 한 말이다.

GP에 감시카메라를 설치하고 보수하는 일을 하는 아들은 시도 때도 없이 불려 나간다. 어느 땐 들짐승이 전기선을 갉아 먹어서 먹통이 된 카메라 보수를 위해서, 어느 날은 눈보라가 심하게 치는 날 바람에 흔들리다가 고장이 나서, 이유도 핑계도 가지가지로 고장이 나거나 먹통이 되면 자다가도 불려 나가야 했다. 아무리 험한 산이거나 날씨라도 즉각 쫓아 나가서 보수를 해야 했다. 그럴 때면 민간인 차는 들어갈 수가 없으니 군인들이 집으로 데리러 왔다.

"아니, 도대체 얼마나 가파르기에 그리 말한다냐."

"엄마는, 엄마도 하늘을 향해 천팔백 개나 되는 계단을 올라가 보세요. 발은 미끄럽지, 바람이 세서 귀는 떨어질 것 같지, 아무리 따뜻하게 입어도 이상하게 그곳에만 가면 얼어 죽을 것같이 춥다니까요."

내 상상력을 힘껏 보태도 아들의 고충이 짐작조차 되지 않았다. 비로소 이번에 직접 현장을 가보게 되었다.

우리가 탄 버스는 생창리에서 헌병 한 분과 안내해설사 두 분을 태우고 출발했다. 들어가는 입구가 조용하고 평화로웠다. 북쪽에 있는 오성산을 향해 가는 중에 우측으로 방향을 틀었다. 대통령이 북한을 다녀오고 화살머리고지에 남북으로 이어지는 길이 뚫렸다 해도 역시 검문이 심했다. 우리가 탄 버스는 미리 신청해놓은 터라 쉽게 통과되었다. 안내해설사가 우리의 목적지는 닭벼슬을 닮아서 '계웅산'이라고 하는 곳인데 민간인이 들어갈 수 있게 된 지는 두 해밖에 되지 않았다고 한다.

조금 가다 보니 '암정교'라는 부서진 다리가 나왔다. 비록 모습은 부서져 있어도 맑은 물 위를 비추고 있는 자태가 아름답기만 하다. 일제 강점기 때 만들어진 다리, 그곳이 사통팔달의 교통 중심지였음을 알려주고 있었다. 그 시절 우리나라에 몇 개 안 되는 큰 다리였다고 했다. 나는 감격의 사진을 콕콕 찍어서 보관했다.

버스는 더, 더, 더, 북쪽으로 올라갔다. 운전하는 분도 좁은 길과 이중으로 만들어진 단단한 문을 통과하느라 애를 먹었다. 바짝 긴장해서 들어간 곳은 사진 촬영 금지구역이라는데 참으로 아름다웠다. 낙원이라고 표현해야 할까. 해맑은 물 위로 오리와 원앙들이 평화롭게 노닐고 있었다. 두꺼운 철창 너머엔 하얀 두루미들이 한가롭게 학춤을 추고 있다가 사람들이 웅성거리며 쳐다보자 잔뜩 경계하는 모습으로 바뀌었다. 철창은 사람이나 날짐승도 경계 태세를 취하게 하나 보다.

너무나 한적하고 평화로운데 그곳을 가로막은 것은 무시무시한 철조망과 그 아래 군인들 초소였다. 그리고 얄궂게도 빛나는 총을 든 병사들이 전쟁 영화를 찍는 배우들처럼 군데군데 서 있었다. 바로 옆에 우뚝 솟은 산이 우리 아들이 그리도 두려워하는 '계웅산'이다.

　올려다보이는 까마득한 꼭짓점까지 온전히 계단으로 이루어져 있고 그 옆으로는 철조망이 쳐져 있다. 정말 한 발만 잘못 내디뎌도 순간 아래로 아래로 추락할 것만 같았다. 하늘에서 보면 닭벼슬을 닮았다고 하니 얼마나 좁고 가파를지 알 것 같다. 고개를 뒤로 젖히고 보이는 정상에는 북쪽을 향한 초소가 전망대처럼 아름답게 서 있다. 아들의 말에 의하면 저 초소 바로 앞은 깎아지른 낭떠러지라고 했다. 그런 곳에도 산양들이 살고 있는데 전기선을 갉아먹는다고도 했다.

　안내하는 헌병에게 "저 계단이 천팔백 개가 넘는 천국의 계단이 맞아요?" 물으니 "요즘은 올라가지 않습니다. 모든 감시는 카메라가 하고 있어요."라면서 자동카메라의 위력을 설명한다.

　"뭐야. 그럼 카메라를 보수해야 할 상황이면 누군가는 지금도 올라가는 거 맞네."라는 내 반문에 그가 미소를 짓는다.

　감시카메라 고장이 잦았던 저 바위산을 눈으로 오르는 것도 숨이 벅찬데 내 아들이 저 '천국으로 오르는 계단'을 오르는 일이 얼마나 힘들었을까 생각하니 콧잔등이 시큰했다.

　돌아오는 길에 남북이 뚫렸다고 GP 초소를 무조건 부수는 것보다는 관광자원으로 활용해도 좋겠다고 생각해본다.

[한국수필 2021.]

내장산이 부른다

    하늘에서 별이 유난히도 앙증맞게 반짝이는 곳이다. 햇살을 온몸으로 맞으며 붉은빛으로 반짝거리다, 바람이 기분 좋게 쓰담거리면 우수수 우수수 하늘거리며 은하수가 되어 쏟아져 내린다. 모두 탄성을 지르며 손을 들어 잡으려고 뛰어다니는, 어린아이가 되는 곳이기도 하다. 이렇게 아름다운 곳에서 작은 별 모양을 한 내장 단풍에 빠져 거의 매일 내장산을 들락거리면서 무척 행복한 십 년을 보냈다.

    아이들 학습지 상담을 하던 나는 시간이 많았다. 그럴 때마다 드라이브하는 걸 좋아해서 내장산 주변을 매일 돌아도 새롭고 즐거웠다. 경치 좋은 곳을 돌아다니다 보면 언제나 마지막은 내장산 안에 들어가서 차를 마시곤 했다. 내 차 안에는 항상 보온병에 담긴 솔잎차가 실려 있었다. 솔 향기가 좋아서 봄마다 새순을 따서 담가놓고 사용했다. 처음 만난 사람도 한 잔 따라 주면 금세 친구가 되었다. 지나고 보니 그것이 나에게는 숨통이었던 것 같다.

    상담 일은 생각보다 스트레스를 많이 받았다. 유치원부터 성인까지, 만나는 사람마다 각양각색으로 모두 달랐다. 대화를 통해서 개개인의 성격과 실력을 테스트하고 그에 맞는 교재와 선생님을 연결해줘야 했다. 연결이 잘 되면 학생들은 학교 성적에 도움이 많이 되고, 취업 준비 중인 자들은 텝스나 토익 시험에도 유익했다. 결과가 좋으면 좋아서, 좋지 않으면 마음을 달래려고, 드라이브를 했던 것은 아닌가 싶다.

달리다가 멈추면 단풍나무가 보였다. 별을 닮아 반짝거리는 단풍나무는 나에게 희망이고 기다림이었다. 겨울엔 봄을 기다리고 여름엔 가을을 기다렸다. 하얀 눈 속에도 붉은 단풍잎은 살아있었다. 그것을 주워 책갈피에 꽂아놓기도 했다. 시들지 않는 붉은색이 안타까워서 그랬다. 다시 꺼내 봐도 좋았다.

봄에 만나는 단풍나무숲은 애기단풍으로 여리게 물들어, 연노랑과 분홍빛 비로드 융단을 깔아 놓은 듯 매끄럽고 우아하게 보인다. 위에서 아래로 내려다볼 때 더욱 아름답고 환호성이 절로 나온다. 서래봉에 올라 불출봉으로 산등성이를 타고 걷는 이유이기도 하다. 산등성이 양옆으로 내려다보이는 시원한 호수 내장저수지와, 내장사의 고즈넉한 기와지붕이 단풍나무 숲을 더욱 돋보이게 한다. 시원한 바람에 비로드 융단은 색을 바꿔가며 반짝거린다.

여름엔 초록 초록한 단풍나무 아래 계곡이 무척 시원하다. 초록별이 하늘거리는 사이로 선을 긋는 햇살은 시원한 빗줄기 같다는 생각이 들게 한다. 무더운 여름을 잊게 만드는 초록 빛살이다. 그러다 비라도 내리면 우화정에 떨어지는 물방울도 초록빛이다. 일에 대한 스트레스를 잊게 하고 다시 일할 수 있는 힘을 얻을 수 있어 바라만 봐도 좋았다. 내가 아닌 누구라도 사랑할 수밖에 없는 그런 곳이다.

붉게 물든 가을 단풍은 최상의 선물을 받는 것처럼 마음을 들뜨게 한다. 햇살을 받아 반짝이는 모습은 꼭 무수한 별들이 축제를 벌이는 것처럼 주변을 환호와 기쁨으로 가득 차게 해준다. 그 모습이 좋아 다시 찾아 걷게 한다. 아마도 많은 사람이 다시 찾아오는 이유일 거다.

가을비가 내리는 어느 날 투명한 우산을 쓰고 그곳을 찾았다. 우산 위에 붉은 단풍잎이 내려앉아 별 그림이 가득한 빨간 우산을 만들어 줬다. 단풍나무 터널을 걷는 내내 땅바닥에도 빗물을 머금어 반짝이는 별이 잔뜩 그려져 있었다. 내장사 입구 다리에 섰다. 흐르는 냇물에도 두둥실 빨간 잎들이 떠내려가고 있었다. 하늘에 흐르는 은하수 같았다. 그렇게 그곳에 가면 내장 단풍은 동심을 꿈꾸게 만든다. 그리고 꿈을 꾸는 나는 항상 세속을 잊을 수 있어 행복했다.

첫눈이 내리는 어느 날이었다. 자정이 넘도록 상담하고 들어온 나는 다음날, 이불속에서 게으름을 피우고 있었다. 서울에 사는 친구가 전화를 했다.

"아야~ 뭐해? 빨리 뛰어와라."

"알았어, 근데 이 새벽에 어딘 줄 알고 뛰어가냐."

시간을 보니 여덟 시가 되어가고 있었다. 장난인 줄 알았다.

"여기? 내장산이야. 네가 하도 자랑을 해서 밤새 뛰어왔다. 빨리 와~."

"빨간 단풍 위에 흰 눈이 끝내준다 야. 네가 보내준 사진보다 훨씬 절경이야. 오길 잘했어."

친구는 많이 흥분해 있었다. 내가 보내준 사진을 보고 밤 기차를 타고 내려왔단다. 그런데 눈까지 왔단다. 눈 쌓인 절경을 아는 나는 한달음에 달려갔다. 햇살을 받고 하얀 눈은 단풍의 빛을 머금어 빨간 물방울로 변해 투명하게 떨어지고 있었다. 말로 형언할 수 없는 아름다운 풍경이 펼쳐지고 있는거다.

정읍을 떠난 지 스무 해가 되었지만 두고두고 잊지 못할 풍경이고 그리운 곳이다. 매년 가겠다고 다짐해 보지만 직장에 다니는 내가, 철원서 정읍은 쉽게 갈 수 있는 거리는 아니었다. 이제는 보령으로 이사했으니 올가을엔 날을 잡아봐야겠다.

가을에는 아래서 위로 올려다봐야 단풍이 예쁘다. 고개를 뒤로 힘껏 젖히고 꼭 올려다보고 올 것이다. 노을보다 붉게 타는 내장산이 나를 부른다. 11월이 무척 그립고 기다려진다.

[한국수필 2022.]

도피안사에 가다

내가 처음 그곳에 간 날은 하얀 눈이 소복소복 내리고 있었다. 소나무에 쌓인 눈의 무게가 꼭 어렸을 때 받아본, 크리스마스카드 속 그림 같은 풍경이었다. 마치 알프스에 온 것 같은 이국적인 모습이 경이로웠다.

콕콕 사진을 찍으며 조금 더 올라가니 작은 일주문이 나오고, 문 양쪽으로 좁은 공간에 커다란 사천왕들이 빛바랜 모습으로 무섭게 두 눈을 부라리고 있었다. 왜 항상 사찰 입구엔 그렇게 무서운 사천왕들을 세워두는지…. 일주문을 지나자 왼쪽으로 아담한 연못이 있고 고개 숙인 검은 꽃들로 가득했다. 가까이 가서 보니 작은 연밥들이 고개가 꺾이거나 허리가 꺾어졌는데 얼마나 많은 연꽃이 피었다 졌는지, 그 아름다운 모습이 머릿속에 그려졌다. 얼음 위로 하얗게 내린 눈은 솜털 같은 양탄자를 깔아 놓은 듯했다. 그 위에 소인국 사람들이 하얀 고깔을 쓰고 깊은 사색에 잠겨있는 것 같아, 나도 쪼그리고 앉아 턱을 괴고 한참을 그곳에 머물게 했다.

돌계단을 올라가니 자그마한 사찰이 맞아준다. 오랜 세월을 말해 주듯 커다란 느티나무가 있고 그 주위로는 올망졸망 꾸며놓은 꽃밭인 듯했다. 널따란 마당엔 석탑이 덩그러니 서 있고, 안쪽으로 작은 대웅전 뒤로는 하얀 눈을 이고 서 있는 숲이 마치 울타리처럼 둘러있어 참으로 고왔다. 규모가 작아서 사찰이라기보다는 암자 같다. 깊은 산속에 온 것처럼 외부와는 단절되어서인가 편안한 느낌이 좋아서, 가볍게 한 바퀴 돌고 일주문 옆 주차장에 와 보니 들어갈 땐 보지 못했던 안내판과 절의 유래가 적힌 해설판이 있었다.

통일신라 경문왕 5년(885년) 도선국사는 높이 구십일 센티의 철조불상을 제조해서 철원에 있는 수정산 안양사에 봉안하기 위해 여러 승려와 함께 이운하던 중이었다. 먼 길을 재촉하다 보니 지친 승려들과 암소를 위해 고갯마루에서 잠시 쉬었는데 암소 등에 실려 있던 불상이 감쪽같이 사라져 버린 것이다. 아무리 찾아도 보이지 않던 불상이 현 위치에 좌정하여 있는 것을 보고 그 자리에 조그만 암자를 지어 모셨다. 도선국사는 철조불상이 영원한 안식처인 피안에 들었다 하여 '도피안사(到彼岸寺)'로 명명하고 영험하다 하여 비보사찰(裨補寺刹)로 삼았다.

신라 시대에 지은 사찰은 한국전쟁 당시 소실되었고 전쟁이 끝난 뒤 어느 날, 사라졌던 불상이 땅에서 솟아 올라와 있는 것을 보고 그곳에 다시 작은 암자를 짓고 철조불상을 모셨다. 얼마 전엔 대웅전을 다시 지었다고 한다.

승려들 거처도 새로 단장해서 이제는 대사찰은 아니어도 아늑하고 고즈넉할뿐더러 경관도 매우 아름답다. 일주문 역시 그전 것은 그대로 두고 조금 아래로 내려와서 커다랗게 다시 지어 사천왕들도 그곳으로 이운하였다. 지금도 영험하다면서 많은 신자가 찾아와 불공을 드리는 모습을 볼 수 있다.

도선국사가 제조한 철조 비로자나불상은 국보 제63호다. 화강암으로 된 3층 석탑은 보물 제223호로 지정되었다. 높이 4.1m인데 아래 사각형 받침에 연꽃 모양의 2층 받침 위에 삼층으로 탑이 올려져 있다. 안타깝게도 꼭대기 지붕은 한국전쟁 때 깨져서 사라졌다고 한다.

나는 불교 신자는 아니다. 코로나19로 인해 갈 곳이 마땅하지 않으니 조용한 절에 올라서 내려다보이는 학저수지가 아름다워 자주 들른다.

봄에 피어나는 보랏빛 깽깽이 꽃을 촬영하려고 사방에서 사진작가들이 몰려온다. 계절 따라 피어나는 야생화가 아름다운 곳이다. 싱그러운 여름이 되면 작지만 옹골진 연꽃들이 화사하게 맞아준다. 가을은 가을대로 오색의 단풍 또한 다시 와보고 싶을 정도로 아름답다. 그 외에도 수국과 들국화, 그리고 많은 이름 모를 꽃들이 철철이 피어 있어 산책객들을 맞아준다. 그 아름다운 사찰 모습을 사진으로 찍어 전시도 해놔서 눈이 호강할 수도 있다.

지난가을부터 시작된 돼지열병과 코로나19로 인해 관광객들이 올 수 없지만 나는 시간이 날 때면 운동 삼아 걸어서 도피안사에 간다. 가끔 한 번씩은 탑을 돌아보면서 신라 시대의 유물을 만져보는 영광을 누리기도 한다.

도피안사는 철원 8경에 들어 있다. 강원도 철원을 여행한다면 한번 들러야 할 명소 중의 명소이다. 한겨울 흰 눈을 이고 있는 환상적인 풍경을 본 나는 이곳을 더욱 사랑하게 되었다.

올해는 비가 많이 와서 연꽃이 녹아내렸을 것만 같다. 하얀 고깔을 쓰고 사색에 빠진 겨울 연밥을 몇 송이 볼 수 없을 것 같아 심히 안타깝다.

[문학 수 2021.]

불자는 아니어도

늘 궁금했다. 도대체 저들도 이름이 있다는 걸 아는데 어떤 이름을 가지고 있을까. 이번에도 궁금해서 한참을 그들 앞에 서 있었다.

사실 아름다운 관광지마다 웅장한 사찰이 한곳 정도는 자리하고 있어 고즈넉함을 더해준다. 그리고 주변 경관은 항상 감탄하게 한다. 조선 500년 핍박을 견디기 위해 산중생활을 하게 됐다는 것은 역사 시간에 들은 바 있다. 그래서 그런지 특별한 여행지가 아니어도 마음을 비우고 싶을 때, 믿음과 상관없이 찾아가면 실망하지 않아 가끔 일부러 찾아가게 된다. 이번에도 그렇게 떠났다.

일주문을 지나 절 입구에 섰다. 대문 앞에 높은 문턱이 있고, 문턱을 넘으면 양옆으로 무섭게 생긴 형상들이 있다. 어떤 이는 그곳이 무서워서 눈을 감고 지나친다고 한다. 저들은 왜 그렇게 무섭게 생겼을까. 이름은 무엇일까. 하는 일은 있을까. 그래서 한 분씩 구석구석 살피면서 서 있곤 한다. 물론 그들이 사찰을 지키는 수호신이라는 것 정도는 알고 있다. 예전에는 이름도, 하는 일도, 모두 알고 있었는데 지금은 모두 잊었다. 전쟁의 신 '아수라'와 사람들을 도와주는 '야차' 그 두 분의 이름은 기억이 나지만, 어떤 분을 가리키는 건지 알지 못한다. 궁금해도 알아보려고도 하지 않았다.

사찰 안으로 들어가서 계단을 오르니 높은 석탑이 있고, 부부로 보이는 이들이 두 손을 합장하면서 절하는 모습이 매우 정성스러워 보였다. 나도 옆으로 가서 두 손을 모으고 탑 주변을 돌아봤다. 가을을 가득 머금은 고목들이 그윽하게 내려다보고 있다. 탑과 함께 수백 년은 되었겠다. 오랜 역사를 알고 있는 듯 사이사이 이끼를 두른 것이 신령스러워 보이기까지 한다.

법당 앞에는 한 신사가 등산복 차림으로 합장하고 연신 허리를 굽혀 절을 하고 있다. 그 옆으로 가서 나도 합장하면서 안을 들여다보다가 깜짝 놀랐다. 방문 양옆으로 주먹을 불끈 쥔 형상이 금방이라도 내려칠 것같이 나를 무섭게 내려다보고 있었다. 나는 뺨이라도 맞은 듯 얼굴로 손이 올라갔다.

무섭게 보였다. 옆에 신사께 이 두 분은 누구냐고 물어보니 잘 모른다고 했다. 하지만 부처님 양옆으로 있는 열 분씩은 석가의 제자들과 관음보살들이라는 설명이다.

집으로 오자마자 이름들을 찾아보기 시작했다.

사찰 문 입구에 있는 여덟 신의 이름이다.

우선 부처님을 지키는 수호 무사 '아수라'는 팔만 휘둘러도 온 세상이 아수라장이 된다고 한다. 두 번째는 '긴나라'인데 일곱 번째 신인 '건달바라'와 짝을 이루어 노래와 향으로 세상을 즐겁게 해주는 행복의 신이란다. 그래서 그런지 악기를 들고 있다. 다음이 어려운 사람들을 돕는 '야차', 그다음이 손에 용을 쥐고 있는 신은 이름 또한 '미르'인데 손에 여의주를 쥐고 비와 바람을 다스린다고 한다. 자연의 균형을 다스리는 신인 것 같다. '마후라가'는 뱀들의 왕으로서 사찰 안을 구석구석 기어다니며 절을 안전하게 지켜주는 일을 한단다. 그리고 땅을 보살피고 지켜주는 하늘의 신 '천'이 있고, 금시조라고 불리는 '가루라'는 새들의 왕이다. 모두가 사찰과 세상을 지키는 수호신이다.

두 주먹을 불끈 쥐고 나를 무섭게 내려다보던 신의 이름도 알아냈다. 입을 벌리고 있던 신은 이름이 '아'란다. 입 모양을 똑같이 하고 소리를 내보면 '아'라는 소리가 난다. 입을 굳게 다물고 있는 신의 이름은 '훔'이다. 입 모양을 똑같이 하고 소리를 내면 '훔' 소리가 난다. 두 분을 '금강역사'라고 하는데 훔은 신령스러운 지혜를 가졌다고 한다. 엄청난 힘으로 부처를 가까이서 지키는 수호신이 왜 그리 무섭게 생겼는지 알 것 같기도 하다.

우리가 흔히 말하는 사천왕들이 있다.

동쪽 하늘을 지키는 '지국천왕'은 착한 사람을 돕는 신이고, 나쁜 사람들을 혼내주는 '광목천왕'은 서쪽 하늘을 지키고 있다. 북쪽 하늘을 지키는 '다문천왕'은 부처의 말씀을 듣고 전하는 걸 좋아하고, 남쪽 하늘을 지키는 '중장천왕'은 널리 덕을 베풀고 새 생명을 태어나게 돕는다고 하니 모두 바쁘겠다는 생각이다. 그리고 인자한 열한 면(面)을 한 관음보살이 있다는데 나는 아직 본 적이 없다. 항상 법당 밖에서만 안을 들여다보았을 뿐 안으로 들어가 본 적이 없기 때문일 거다.

이렇게 불교 신들에 대해 알아보면서 왠지 자꾸 그리스 로마신화가 생각났다. 신들을 만들어내고, 역할들을 나눠주고 각자의 위치에서 온 세상을 다스린다고 생각하는 것이 닮아있어 보인다. 어느 누구의 생각이었을까. 대단한 상상력이 대단한 신들을 만들어 낸 것은 아닌지 모르겠다.(종교인들에게 꾸중을 들으려나?) '지성이면 감천'이라고, 지극정성이 통천(通天)하여 만들어졌을지 모른다는 생각도 해본다.

갑자기 기분전환을 위해 가까운 어느 사찰을 방문하고, 종교와 상관없이 궁금증을 풀어 가면서, 항상 바쁘다 바쁘다 하며 소홀하게 보낸 시간들이 보상받았다는 기분이 들었다. 앞으로 이런 시간을 자주 가져야겠다.

따스한 손

마음에 높이 치고 있던 벽이 무너졌다. 따뜻했다.

여행을 좋아하면서도 여건이 되지 않아 참고 살았다. 마침 철원을 골고루 돌아볼 수 있는 기회를 맞아 설레는 맘으로 서둘러 집을 나섰다.

몹시 추운 날인데도 벌써 많은 분이 나와 있었다. 기다리던 관광버스가 도착하고 얼른 올라탔다. 버스에는 이미 지포리에서 타신 분들이 계셨다. 아는 언니들 바로 뒷좌석에 자리를 잡으면서 '내 옆자리엔 어느 분이 앉으실까.' 기대 반 설렘 반으로 앉아 있었다. 모두 올라오면서 나를 지나쳐 뒷자리로 갔다. 조금 있다가 하얀 모자를 쓰신 할머니가 머뭇거리시며 "앉아도 되우?" 하신다.

"네, 어서 오세요. 이리 앉으세요." 얼른 창 쪽으로 바짝 붙어 앉으며 자리를 권했다.

할머니는 가방을 멘 채로 앉으셨다. 조금 망설이는 듯하더니 내 손을 덥석 잡고는 "젊은 사람이… 노인들 싫어하는데 고마워요." 한다. 그러는 그분이 조금은 당황스러웠지만, 할머니 손은 따뜻했다. 갑자기 추워진 날씨 탓도 있겠지만 집에서 자동차 시동이 걸리지 않아서 한동안 차가운 것들을 만지며 왔다 갔다 했더니 내 손이 더욱 차가웠다.

"어머 제 손이 너무 차가워요. 죄송해서 이를 어째."라면서 손을 빼려고 했다.

"아구구, 아니 내 손이 따뜻해서 괜찮아. 조금만 쥐고 있을게."라며 내 손을 놓지 않고 계속 주물러 주셨다. 손이 잡힌 채 노동당사까지 갔다. 사료관을 들러 다시 버스에 탔는데 또다시 손을 주물러 주셨다.

노동당사 앞 건너편을 가리키시며 "저기는 옛날에 부자들만 살던 동네였어. 첩이 셋은 되는 삼대 부자들이 살았당게. 첩이 왜 많았는지 아우? 일본 놈들이 무조건 속여서 정신대로 끌고 가니 살라믄 부자들 첩살이라도 보내야 했거덩. 저그가 우리 작은집 자리야. 저그에 금강산 가는 역이 있었지."

계속 자리마다 손가락으로 가리키시면서 설명을 해주셨다. 그리고 옛날 왕건의 생가터를 둘러보고 내려와서는 또다시 내 손을 꼭 쥐고 계셨다. 민망함도 잠시 정말 할머니 손은 무척 따뜻했다.

"어르신, 손이 많이 따뜻하시네요. 따로 뭘 드시는 거라도 있으세요?"

"응. 혹시 기침이라도 나오면 사람들한테 폐가 될까 봐서 생강을 한 톨 씹어 먹고 왔어. 아침도 마늘장아찌에 조금 먹고 왔지. 늙어서 기침이라도 해봐. 누가 날 좋아하겄어."

해맑게 웃는 모습이 참 고우시다.

"일제시대, 전쟁, 난 학교에 가고 싶어도 못 갔어."라는 할머니, 그런데 무척 해박한 지식으로 많은 것을 알려 주셨다.

우리는 처음 만났지만 오랜 지기처럼 하루 종일 버스에 타면 손을 잡고 다녔다. 경치가 크게 아름답지 않아도 '아름답다'를 연신 외치며 아이마냥 즐거워하시는 할머니께 배우는 것이 아주 많은 날이었다. 마음의 벽을 무너뜨려 주신 할머니는 우리도 통일이 독일처럼 그렇게 무너진 담을 넘어 올 거라고 한다. 자꾸 말씀하시는 속에서 간절한 소망임을 느낄 수 있었다.

"얘, 원숙자."

앞에 앉은 언니가 부르셨다.

"네?"

"너, 오늘 할머니랑 잘 논다."

그랬다. 난 오늘 종일 할머니랑 즐거운 하루를 보냈다. 그런데 그 할머니 우리 동네 분이시란다. 그렇게 따뜻한 손으로 냉랭한 마음의 벽까지 무너뜨린 분이 한 동네 어르신인 줄도 모르고 지냈다.

이제부터는 밖에 나가면 내가 먼저 다가설 수 있는 열린 마음을 가진 사람이 되겠다고 생각하며 할머니께 손을 흔들었다.

여든여섯 연세가 청춘인 아름다운 분이셨다.

철원에 사는 이유

　사람은 소속감이 있으면 힘이 난다.

　처음 이곳으로 이사 와서 아는 사람도, 친구도 한 명 없을 때, 마음은 매일 이사를 가고 있었다. 그러던 중 도서관 입구에 걸린 '문학창작반 회원 모집'이라는 현수막을 보았다. 시간이 많은 나는 혹시라도 좋아하는 책을 보는데 도움이 될까 해서 신청을 했다.

　그런데 그곳이 글쓰기를 가르치는 곳인 줄 몰랐기에 처음에는 황당했다. 거침없이 글의 군살을 잘라내는 선생님이 거칠어 보였지만 멋있기도 했다. 점점 빠져들었고 수업이 재미있었다.

　회원들을 알아가고 친해지기까지는 시간이 걸렸다. 점심을 준비해와서 함께 나눠 먹기도 하고, 한탄강가에서 도시락을 배달해서 먹으며 담소를 나눴던 일은 소중한 추억이 되었다. 시 낭송회도 하고 행사에 참여하면서 나는 조금씩 철원이 좋아지기 시작했다.

　내가 문창반, 모을동비 회원으로 한참 즐거워하고 있을 때, 보증을 섰던 남편은 모든 걸 날리고는 이사를 가자고 했다. 나는 남편을 설득했다.

"여보! 생각해봐요. 이사 가면 또 새로운 사람을 사귀고 적응을 해야 하는데 우리 나이가 그리 적은 것 같진 않잖아요?"

"그래도 난 철원이 떠나고 싶어. 어디 가면 지금보다 바닥이겠나. 이사 가요. 가서 또 사귀면 되지…."

"그동안 내가 아는 사람이 생기고 회원으로 활동하기까지 십 년이 걸렸는데 다른 곳에 가서 또 그런 시간을 허비하고 싶지가 않아요. 더 나이가 들면 당신이 좋아하는 고스톱 친구도 있고, 또 나는 글쓰기 반 친구들이 있는 이곳이 노후에도 좋은 곳이라고 생각하거든요."

나의 설득에 남편은 더 이상 이사 가자는 이야기는 꺼내지 않았고 오히려 모을동비 회원이 되어 두 권의 시집을 발표하는 영광을 누리기도 했다.

그런데 요즘은 내가 이사를 가고 싶어졌다. 더 이상 철원에 살 이유를 찾지 못하고 있는 탓인 것 같다. 작년부터 내가 직장을 갖기도 했지만 더는 글쓰기 반에서 소속감을 찾지 못한 게 이유이기도 하다. 어느 날부턴가 수업 분위기도 어수선하고 서로들 뭔지 모를 눈치 보기가 시작됐다. 아무리 모른 척하려고 해도 몸으로 느껴지는 썰렁함은 마음도 자꾸만 멀어지게 하는 것 같다.

거기다가 돼지열병과 코로나19로 인해 수업도 행사도 모두 취소가 되어 회원들을 만날 수 있는 날이 별로 없었다. 그러던 중 총무의 전화는 반가웠다.

"언니 뭐 하세요? 소이산 풀매기를 해야 하는 데 나올 수 있어요?"

나는 즐거운 마음으로 참여했다. 함께 풀을 뽑고 점심을 먹었다. 행복했다. 예전엔 우리 모임이 그런 소소한 행복이 있었고 유대감도 좋았었다. 그랬던 우리들 사이가 소원해진 것 같아 아쉬웠다.

며칠 전에는 제4회 6·24 위령제에도 참여했다. 다행히 지포리 언니들이 와서 함께 전을 지져서 고소한 냄새 풀풀 풍기며 웃고 떠드는데 옛날의 우리 회원들의 즐거웠던 모습을 보는 것 같아 좋았다. 그래도 뭔지 모를 허전함이 머무는 자리였다. 아마도 그 자리에 있어야 할 회원들에 대한 그리움인지도 모르겠다.

우리 부부는 요즘 이사 갈 마음의 준비를 하고 있다. 소속감이 없는 나는 다시 처음 이사 왔을 때의 외로움을 느끼고 있다. 다행히 요즘 지난주부터 수업이 시작되었다. 수업에 참여하기 위해 제가 일을 두 개나 줄였다. 또다시 예전에 그 열정이 살아날 수 있을까. 내가 철원에 사는 이유가 변하지 않기를 바라는 마음이다. 그리고 수업에 참여하는 한 분 한 분이 모을동비 회원으로, 또 철원 문인협회 회원으로서 자랑스러움과 친밀한 소속감을 갖고 행복하게 참여할 수 있는 모임이 되기를 바란다.

5부 | 무지개띠

장맛비 (1)

올해 들어 오십 며칠째 비가 오는 거란다. 비가 오기를 애타게 기다렸던 때와는 달리 이제는 비가 지겹고 지치려고 한다.

'억수 같은 비' '장대 같은 비'를 떠나 양동이로 내리퍼붓듯이 쏟아지는 빗물이 무섭기까지 하다. 남편은 '물대포'가 '물 폭탄'을 터트리는 것 같다며 걱정한다. 이곳저곳에 생채기를 내듯 피해를 주고 있다. 내가 사는 철원에서도 매일매일 피해 소식이 보도되고 있다. 지인들의 피해도 늘어가고 있다.

한탄강 물은 늘었다 줄었다를 반복하는데 직탕폭포는 없어졌다 들어났다 한다. 농다리 역시 물이 넘쳐 모습이 사라졌다. 밤마다 내리퍼붓는 빗소리도 서러운데 '우르릉 쾅쾅' 번쩍번쩍 벼락을 치고 우렛소리에 가슴이 콩닥콩닥한다.

자연재해는 사람의 힘으로는 막을 수가 없나 보다. 백일동안 꽃이 핀다는 백일홍은 백일은 고사하고 꽃이 핀 지 오래지 않아서 썩어버렸다. 다른 꽃들 역시 피자마자 빗물의 무게를 이기지 못하고 땅으로 떨어져 버렸다. 남아있는 꽃은 물에 젖은 채, 한여름 잠깐 나온 뜨거운 햇살을 받으니 삶아져서 사라졌다. 작은 텃밭에 뿌려 놓은 열무, 상추도 새싹이 나온 지 얼마 되지 않았는데 모두 빗물에 녹아 버렸다. 이제막 꽃이 피기 시작한 벼들도 물속에 잠겨 버렸다.

'올해는 풍년'이 들것다며 좋아하던 농부의 가슴에는 피멍이 들었다. 내가 일하러 가는 집, 오덕리 밭에도 모든 작물이 물속에 잠겨버렸다. 할머니는 새파랗게 질린 얼굴로 조금이라도 건져보려 물꼬를 뚫고 퍼내보지만 속수무책이다. 또 다른 대위리 할머니는 며칠째 화장실에 촛불을 밝혀 놨다. 사과 농장을 하는 아들에게 아무 탈 없이 이번 장마가 지나가기를 기도한다.

아직도 500밀리가 더 내릴 거라는 뉴스 속보가 야속하다. 서울에서 아침에 출근하던 남편은 한강 물이 엄청나게 불어서 고수부지가 모두 사라졌다고 한다. 무서운 물살에 잠수 대교가 잠겨 출근길이 많이 막힌다며, 나도 밖에 나가지 말라고 신신당부를 한다. 나는 빗속을 뚫고 출근하는 남편이 더욱 걱정이 된다. 문인들에게 안부 문자를 보냈다. 아직은 피해가 없다고 하니 안심이다.

"이제 비가 그만 멈추게 해주세요. 제발 더 이상 피해가 없게 해주세요." 모든 것은 하늘의 뜻인 것 같아 간절한 마음으로 평상시 하지 않던 기도를 한다. 비록 내가 씨를 뿌렸어도 하늘이 자라게 해주지 않으면 아무것도 기를 수 없다는 것을 다시 깨닫는 순간이다.

장맛비(2)

　나의 기도는 효력이 없었다. 연일 장대 같은 비가 쏟아지고 있다. 뉴스에서 철원의 피해가 보도되고 있는데도, 여전히 무심한 하늘은 밤만 되면 번쩍거리며 우르릉 쾅쾅 물대포를 사정없이 날렸다. 950밀리가 넘는 비가 며칠 만에 내렸다고 했다. 이것은 일 년 간 철원에 내리는 비의 양보다 30밀리 정도가 더 내린 양이라고 한다.

　하늘은 흐린데 오랜만에 매미가 운다. '이제 비가 그치려고 하나.' 하는 생각에 하늘을 올려다보며 다시 한번 기도를 했다. "하나님 아버지, 천지신명님께 간절히 두 손 모아 기도드립니다. 이제그만 제발 비가 그치게 해주세요. 네?" 역시 내 기도가 효력이 없는가 보다.

　일을 마치고 집에 오니 옆 동네 언니들이 내 얼굴 좀 보자며 와 있었다. 함께 웃고 떠들며 즐기고 있는데 계속 안전 문자가 들어오기 시작했다. 그 사이 밖에는 또 장대비가 쏟아지기 시작했다. 안전 문자에는 생창리 주민들은 김화읍사무소로 대피하라고 했다. 조금 있으니 한탄강 수위가 올라가고 있으니 이길리, 정연리 주민들은 대피하라는 문자가 왔다. 언니들 전화도 불이 나기 시작했다.

이제는 동막리도 물에 잠기는 곳이 있으니 낮은 지역에 사는 주민들은 빨리 대피하라는 문자다. 이른 저녁을 들던 언니들은 안절부절못하다가 다 들지도 못하고 남은 음식을 싸서 들고 서둘러 돌아갔다. 온통 길은 물바다로 변했다.

그런데 이게 웬일인가. 이길리 마을에 강둑이 무너지고 물에 잠겨버렸다는 뉴스 속보다. 정연리, 생창리 모두 물에 잠겨버렸다. 청천벽력이다. 이곳저곳에서 산사태와 길이 끊어지고 둑이 무너지고 다리도 떠내려갔다.

TV뉴스에 인터뷰하는 지인의 한탄스러운 목소리가 가슴을 긁는다. 그 지인에게 전화하기도 미안해서 괜찮은지 안부 문자를 보냈다. 다행히 큰 피해는 없고 시댁만 물에 잠겼다고 했다.

청양리 아는 농장도 들어가는 길목에 다리가 무너지고 떠내려가서 농장에는 들어가 보지도 못하고 돌아간다면서 처참한 사진만 몇 장 톡으로 보내왔다.

뉴스에 보도되는 철원의 피해는 일부에 불과했다. 피해는 훨씬 더 컸다. 여기저기서 침수되고, 떠내려가고, 흙더미 돌 더미에 묻혔다고 한다. 문우인 순자 언니네 논 오천 평이 돌더미에 깔렸다는 소식이다. "아이구 어째요."라고 위로 문자를 보내자 씩씩한 말투로 "어쩌긴, 사람도 죽고 사는디~ 그까짓 논쯤이야, 내년에 또 심으면 되지."라는 언니의 목소리가 비장하고 결연하다.

연일 보도 되는 뉴스는 전국구였다. 뉴스를 보고 있던 많은 분이 내가 철원에 살고 있음을 기억하고 안부 문자나 전화를 해주었다. 다음

날 그다음 날도…. 전남 여수, 영암, 경남 창원, 부산, 충청도, 경기도, 서울, 말 그대로 전국에서 오는 문자와 전화가 불행 중에도 나의 위로가 되었다. 그중에는 내가 얼굴도 모르는 분인데 함께 글을 쓰는 문인이라는 이유로 전화를 하신 분도 계시다. 어떤 분은 내가 일을 하느라 미처 문자에 답장을 못 해 드렸더니, 전화로 화를 내시는 분도 있었다. 많이 걱정하고 계심이 느껴졌다. 평상시 잘 연락하지 않던 학교 때 선생님부터, 친구들, 친척들도 안부를 묻는 걱정스러운 전화들이다. 모두 나 한 사람이 걱정되어 염려를 해주시니 진정한 사랑과 관심이 따뜻하게 전해왔다.

장마는 고통스러웠지만 나 스스로는 많은 사랑을 받고 있음을 확인하는 순간이었다. 역시 사랑받는다는 것은 아이나 어른이나 참으로 행복하게 하는 마약 같은 것이다. 나라 전체가 물에 잠겨 고통스러워하고 있는데, 걱정스러운 마음은 따로 인 채, 내심 행복을 느끼고 있으니 말이다.

"전국에 저를 아는 여러분, 철원에 이름 없는 제게 사랑을 주셔서 감사합니다. 또 전화로 문자로 걱정해 주신 수필작가님들, 시문회 회장님과 선후배님, 또 친구들과 지인께도 감사드립니다. 저도 여러분을 많이 많이 사랑합니다. ♡♡♬"

2020. 8. 원숙자 올림

장맛비 (3)

엎친 데 덮친 격이라더니….

철원에 1,000밀리가 넘는 비를 뿌리고 나서야 장마는 일단 멈추었다. 여전히 흐리고 무덥지만 비는 오락가락한다. 이제는 지겹다는 말도 하기 싫다. 물난리를 맞은 들판에도 낟알을 영그느라 벼들이 무겁게 고개를 숙이고 있다. 말뚝이 박히고 참새를 쫓는 금줄 은줄이 쳐졌다. 긴 장대 위로는 허수리도 달려서 바람에 나부끼며 참새들을 겁주고 있다. 조금씩 수해도 복구가 되어가고 안정을 찾아가고 있는 듯하다.

그런데, 올해는 마가 끼었는지 그냥 내버려 두질 않는 것 같다. 이번에는 역대급 태풍이 올라오고 있다는 보도다. 사실 올해 정월부터 코로나19가 시작되어 편안한 날이 없었지 않은가. 또 두 달 가까이 쏟아지는 폭우로 난리를 친 거 바로 엊그제인데. 아픔 채 가시지도 않았건만 또 태풍이라니….

시시각각 다가오는 태풍 소식에 전 국민은 노심초사이다. 태풍, 제가 뭐라고, 위풍도 당당하게 길을 내놓으라고 엄포인가. 온 나라가 코로나 확산으로 어수선한데 우리 농민들은 또 큰 걱정으로 날을 세워야 할 판이다.

그동안 태풍이 지나갈 때마다 맨도롬하게 벼들이 누워있는 들판을 본 적이 있다. 무너진 둑과 쓰러진 나무, 부서진 건물도 봤다. 태풍 매미때는 우리 집 지붕 검은 기와가 날아갔다. 덕분에 비가 새는 방에서 하룻밤을 보내고 나니 장롱 속 이불이 모두 젖어 있었다. 태풍의 위력을 이미 경험했기에 다가오는 태풍이 걱정이다.

출근길에 고개를 숙이고 있는 누런 들판을 보면서 내가 비록 농사는 짓지 않지만 내 가슴도 무겁게 짓눌린다. 그동안 비가 내리지 않았다면 지금쯤 추수하느라 바쁠 철이다. 누군가 빨간 천으로 독수리와 비슷하게 잘 만들어 놓은 허수리가 위아래로 펄럭이는 모습에 숙연해졌다. 그 모습을 사진 찍어 저장했다. 제발 오늘 밤이 무사하기를 기원해 본다.

태풍은 이미 제주를 통과하고 완도 쪽으로 북상하고 있다고 한다. 무시무시하게 넘실대는 파도가 모든 것들을 삼켜 버리겠다고 포효하는 것만 같다. 속보가 계속 보도되고 있어 들판의 벼들도 걱정이지만, 내가 일하러 가는 사과농장 집도 걱정이다. 봄에는 꽃이 냉해를 입고, 긴 장마 탓에 태양의 따뜻한 맛도 제대로 못 본 채, 오로지 주인의 사랑과 정성으로 열매를 달고 있는 녀석들인 걸 알기 때문이다.

밤새 잠을 설쳤지만, 큰바람은 아닌 것 같아 조금은 안심이 되었다. 비도 오락가락했지만 큰 비는 아닌 것 같았다. 새벽에 깜박 잠이 들었다. 눈을 떠보니 아침 다섯 시가 조금 지나 있다. 태풍은 벌써 백령도 주변을 지나가고 있었다. 그리 큰 위력이 없었는지 뉴스 앵커의 목소리가 차분하다. 안심이다.

그렇지만 그 지겨운 장맛비는 아직도 끝나지 않았나 보다. 남쪽으로는 150~300밀리가 넘는 비가, 중부지방 쪽으로는 40~100밀리 가량의 비가 올 거라는 일기예보다. 그것도 앞으로 네 닷새는 더 올 거라고 한다. 올해 장마는 코로나19만큼 끈질기다는 생각이 든다.

다행히 내 주변 과수 농장들의 피해는 별로 없었다는 소식이다. 꼭 내 농사처럼 기뻤다. 한숨 내리 쉬며 가슴을 쓸어내린다. 이제라도 장맛비가 끝나길 간절히 바란다.

바람 따라 신나게 흔들어대는 허수리와 허곰이의 춤사위가 오늘은 더 아름답게 보인다.

나와 며느리

처음 만났을 때 우리는 둘 다 모자를 쓰고 있었다.

귀엽고 해맑은 얼굴로 인사를 하는데, 고만할 때 내 모습을 보는 것 같아 좋았다. 군산에 있는 편의점에서 아르바이트하는 아들을 만나려고 갔다가 아들의 여자 친구를 만난 것이다.

저녁 시간이었는데 밖으로 나갈 수 없는 아들을 위해 근처 횟집에서 회를 포장하기로 했다. 나는 아들과 편의점에 있고, 그녀는 내 남편과 회를 포장하러 가는 모습이 다정한 부녀 같다. 편의점 테이블 위에 회를 차리는 손도 빠르고 내숭 떨지 않고 알아서 척척 하는 모습이 내 맘에 들었다.

그 후 그녀는 내 며느리가 되었다.

전주에서 신혼살림을 살던 며느리가 임신하고 배가 불러오자 아들은 걱정이 된다며 직장을 그만뒀다. 얼마 안 되는 살림살이는 외갓집 빈방에 쌓아 두고 옷 가방 하나 달랑 들고 철원 우리 집으로 들어왔다. 참으로 황당했다. 이곳 철원은 마땅한 직장도 없고 보수도 낮은 곳이다. 게다가 군사지역으로 묶여 있는 곳이 많아 발전도 더디다. 박한 급여를 받아도 아들은 뱃속의 아이를 어머니 옆에서 안심하고 키우고 싶다며 눌러앉는게 아닌가.

며느리와 내가 그렇게 한집에서 살게 되었다.

처음 결혼해서 아무것도 할 줄 몰랐던 내 생각이 났다. 대가족이 사는 종갓집에서 일깨나 보고 자랐어도 결혼하고 보니 모든 것이 낯설고 서툴렀다. 학교만 다니던 며느리도 나와 같을 거라는 생각이 들었다. 그래서 무조건 시집가기 전 내 딸이려니 생각하기로 마음먹었다. 임신한 몸으로 시부모와 살게 된 우리 집이 얼마나 낯설고 두려울 것인가. 식사 후에 설거지도 나중에 다 해야 할 일이니 못하게 하고 들어가서 쉬라고 했다.

청소도 '네 방만 치우거라' 하고 아이를 낳은 다음에도 갓난아기는 내가 데리고 갔다. 모든 필요를 내가 처음 결혼해서 서툴렀던 때를 생각해서 도와줬다. 그리고 시간이 나면 아파트 셔틀버스를 타고 시장에도, 도서관에도 함께 다니면서 단짝 친구가 되어갔다. 어차피 우리는 외지에서 이사 왔기 때문에 친구도 없었다.

사람들은 둘이 함께 다니면 딸이냐고 묻는다. 며느리는 "네"라고 대답했다. 때로는 내가 "우리 며느리예요." 하고 말하면 대뜸 "얼른 내보내지 뭐 할라고 함께 살아요." 한다. 만나는 사람 열이면 열 다 그렇게 말한다. 며느리도 밖에 나가면 나랑 똑같은 말을 듣는다고 한다. 그러면 며느리는 "으이구, 그런 소리 마세요. 함께 살면 좋은 점이 얼마나 많다구요."라고 바로 응수한다.

어느 날, 내가 그 말이 진심인가 해서 물었다. 진심이라면서 "직장에 다니면서 가끔 교육이 있을 때도 걱정이 없고, 갑자기 멀리 갈 일이 있어도 시간에 구애받지 않아도 돼서 좋아요. 제일 좋은 건 가사 분담이 돼서 편하거든요."라고 말한다.

지금은 며느리가 밥상도 차리고 설거지도 먼저 일어나서 한다. "어머니는 들어가서 쉬세요."라고 말하는 마음이 예쁘다. 세탁기 빨래는 시간이 먼저 나는 사람이 널고 개킨다.

우리 부부만 살았다면 웃을 일도 별로 없고 대화도 거의 없을 것인데, 아이들이 웃고, 떠들고, 뛰니 웃을 일이 훨씬 많다. 오늘도 아이들이 흥얼거리며 바닥에 배 깔고 엎드려 그림을 그리고, 가위질하고, 풀칠도 하면서 장난감을 만들고 있다. 그 녀석들 옆에서 할아버지는 무섭게 집중하고 시를 쓰고 있다.

며느리가 나를 위해 도서관에서 책을 빌려 왔다. 도서관에 없는 책은 인터넷으로 서점을 뒤지고, 그래도 없으면 헌책방을 뒤져서 구해온다.

내가 이런 며느리를 어찌 사랑하지 않겠는가. 아홉 해를 함께 살면서 서로 조금은 섭섭한 일이 있었겠지만 내색하지 않고 살아가는 이유가 되겠다. 오늘도 아침 밥상은 내가 차리고, 설거지는 며느리가 했다. 식후 커피는 당연히 며느리 몫이다. 이만하면 궁합이 척척 맞는 며느리와 시어미다.

화장도 예절이다

몸이 아프니 모든 것이 귀찮다.

'오늘도 피를 뽑고 종양 덩어리에 약을 집어넣었다 뺐다 하면서 초음파 검사로 종양의 길이를 재겠지.' 겨우 세수만 하고 3차 진료원인 한강성심병원에 갔다. 마주치는 대부분이 중환자들뿐이다.

진료실 앞에서 기다리고 있는데 모두가 저승문 이쪽쯤의 표정들이다. 문득 매일 이런 환자만 대하는 의사 선생님이 가엾다는 생각이 들었다. 화장실에서 가방을 뒤져도 평소 화장을 잘 하지 않으니 립스틱이 들어 있을 리가 없다. 때마침 젊은 아가씨가 환자를 부축하고 들어왔고 그들이 볼일 보는 동안 함께 기다리게 되었다.

"죄송한데 립스틱이 있으면 좀 빌릴 수 있을까요?"

아가씨가 선뜻 분홍 립스틱을 건네줬다. 분홍색은 나에게는 당황스러운 색이다. 그래도 새끼손가락으로 조금 찍어서 입술에 문질러 주니 비로소 화색이 도는 것 같았다.

의사 선생님은 사십 대 중반으로 보이는 여자였다. 나는 밝게 한 옥타브 올려서 "안녕하세요, 선생님." 하고 인사하니 놀란 눈으로 쳐다

봤다. 3차 진료원에서는 2차 진료원에서 의심스럽거나 좀 더 깊어진 환자를 진료하는 곳이 아니던가. 나도 2차 진료원에서 좀 더 세밀한 진료를 받아야 한다면서 보내진 처지다. 중환자들이 많다 보니 의사도 표정과 감정을 숨긴 채 진료하는 것 같았다.

매주 한 번 병원에 가야 하는 나는 그 후로는 정성 들여 화장을 했다. 화장이래야 눈썹을 그리고 입술 바르는 게 고작이지만. 어느 날 의사 선생님이 진료를 마치더니 '커피 마실 거냐.'고 물었다. 둘둘둘(커피 둘, 프림 둘, 설탕 둘) 커피를 즐겨 마신다고 했다. 간호사에게 "두 잔만 부탁해."라며 편하게 기대앉았다.

의사 선생님 뒤로 간이 벽이 있고 창가에 작은 가스레인지 위로 주전자가 올려져 있고, 그 옆으로 여러 종류의 차가 마련되어 있는 게 보였다. 아마도 진료하다가 잠깐씩 차를 마시며 쉬는 것 같았다. 간호사가 커피를 내오자 선생님이 내게 속내를 털어놓았다.

하루 종일 환자를 보다 보면 본인 스스로가 자꾸 웃음이 없어지고 냉혈 인간이 되어가고 있는 것 같아 우울해진다고 했다. 어느 날부터 환하게 웃으며 곱게 화장하고 들어오는 내가 기다려진다고도 했다. 그 날 이후 의사 선생님은 늘 둘둘둘 커피를 타 주셨고 함께 약간의 수다를 떨다 보니 자연스럽게 친구처럼 가까워졌다. 그 인연은 정읍으로 이사 가면서 끊어졌다. 벌써 스물 몇 해 전 일이다.

한 예절교육 강사로부터 '여자는 아무리 좋은 옷을 차려입어도 화장을 하지 않으면 옷을 입다 만 것과 같다.'라는 강의를 들은 적이 있다. "너무 과한 화장과 액세서리는 사람을 천박하게 보일 수 있지만, 반대로 너무 일상적인 옷차림이나 민낯은 상대에 대한 배려나 예의가 없는 것이다."라고도 했다.

화장도 예절인 것이다. 가끔 주변에서 지나치게 일상적인 모습으로 부스스하게 모임이나 축하 행사에 오는 사람을 본다. 함께 있는 사람을 부끄럽게 하는 일이다. 본인 스스로는 검소하기 때문이라고 착각한다.

병원이야 아파서 가는 곳이니 예외겠지만 송년 모임이 많은 요즘, 화장은 하지 않아도 연한 립스틱 정도로 분위기를 화사하게 하는 것도 좋을 듯싶다. 옷만 곱게 차려입고 금방 죽을 것 같은 얼굴로 나가는 일은 삼가야겠다. 다시 한번 나를 돌아다본다.

갑자기 남편 친구들이 온다고 한다.

화장은 못 했어도 그이 체면을 생각해서 연한 핑크빛 립스틱을 바르고 거울을 보며 웃어본다. 남편에 대한 예의를 다한 것 같아 내 스스로 기분이 좋아진다. 오늘따라 거울 속 내 모습이 더욱 예뻐 보이는 건 착각일까?

세상이 왜 이래

몸으로 체감하는 요즘 경제는 IMF 위기 때보다 더욱 심하게 느껴지고 있다.

펜션에서 일하는 딸이 잔뜩 지친 목소리로 전화를 했다. 코로나팬데믹으로 영업을 거의 못 하고 있어서 늘 직원들 월급 때문에 맘고생이 심했기에 오늘도 그래서 지쳐있는 줄 알았다.

그런데 아는 선장이 보이스피싱을 당했다고 한다. 아들 친구로 사칭한 전화를 받고 정신이 빠져 있는 동안에 진짜 아들이 전화를 걸어왔지만 그 전화를 받지 않았단다. 그리고는 보이스피싱에 원하는 대로 주민등록번호, 통장번호, 비밀번호까지 다 불러준 다음에서 정신을 차렸단다. 급히 경찰에 신고하고 통장들 입출금을 막느라 한동안 사무실 직원들까지 정신이 나갔다고 한다. 서두른 탓에 피해는 크지 않았다고 하면서 딸애가 엄마도 절대로 모르는 전화 받지 말라고 신신당부를 했다.

조금 앉아 있는데 남편이 단톡방에 아름다운 여자 사진을 올렸다. 이혼하고 혼자 사는 여자라는데 나이는 마흔, 세 살 딸아이 한 명, 예멘에서 군의관으로 근무하고 있다고 한다. 제주도에서 태어나, 다섯 살 때 미국으로 입양되었단다. 의대를 졸업하고 군의관으로 입대해서 결혼했는데 지금은 이혼하고 혼자 살고 있어, 제대하고 한국으로 돌아와 전주에 병원을 짓고 살겠다고 했단다. 제법 그럴듯하다.

남편의 직업과 경제력을 조사하고 남편의 형편을 알아내서 그런지 다시는 연락이 없다고 한다. 신이 나서 웃어젖히며 얘기하는 남편을 보면서 '이래서 혼자 사는 남자들이 사기를 쉽게 당하는구나.' 하는 생각이 들었다. 그 뒤로 남편은 장난이 치고 싶어지면 '어디 가서 그 여자를 찾을 수 있을까?'라며 '찾아 주세요.'를 외치곤 한다. 사진으로는 정말 예쁜 한국 여자였다. 이제는 보이스피싱도 수법을 바꿨다는 생각에 살이 떨렸다. 그 후 딸과 남편이 지인들에게 '보이스피싱을 조심하라.'며 문자와 전화를 했다. 나는 이따금 남편에게 '예쁜 여자가 그리 좋았냐.'고 놀리곤 했다.

그런데 또 일이 생겼다. 이번엔 새로운 사업을 준비하고 있는 사위와 절친이며 딸하고도 각별하게 지내서 우리 부부에게도 '어머니, 아버지' 하며 지내는 젊은이다. 새로운 사업을 시작하다 보니 자금이 모자랐단다. 그래서 융자를 받았는데 그것을 어떻게 알고 파고들었는지 통화 중에는 모든 것이 진짜 같았단다.

"농협인데요. 대출받으신 것 있으시죠?"

"네. 그런데요?"

"돈이 더 필요하시지 않나요?"

그때 사위의 친구는 '한 삼천만 원' 정도만 더 있으면 사업이 순조로

울 것 같은 처지여서 이 전화를 받고는 다행이라는 생각을 했단다.

"그런데요. 지금 쓰고 계신 삼천만 원을 갚으시면 신용이 회복돼서 육천만 원을 드릴 수 있어요."

그쪽에서 제안하는 조건은 혹할 정도였다.

"그럼 은행으로 가서 이체시키면 됩니까?"

"아, 그래도 되는데요. 그렇게 하면 일주일이 넘게 걸립니다. 현금으로 주시면 오늘 안으로 육천이 바로 입금됩니다."

내 딸과 같은 사무실을 사용하고 있기에 그 통화 내용을 들으면서 "보이스피싱야. 전화 끊어요."라고 하는데도 사위 친구는 듣지 않았다고 한다.

부산은행만 거래하는 그가 급하게 여기저기 전화를 해서 삼천만 원을 만들었다. 보령에는 부산은행이 없으니 만든 돈을 내 딸 통장으로 이체하고, 딸과 사위 친구가 그 돈을 은행으로 찾으러 갔는데 은행원이 딸에게 "혹시 보이스피싱이면 신고해 드릴게요."라고 속삭였다. 뒤를 돌아다보니 사위 친구가 마스크를 쓰고 초조하게 앉아 있었고 그 모습이 꼭 사기꾼처럼 보이더라고….

현금 삼천만 원을 가지고 만나자는 장소로 가는 도중에도 내 딸이 보이스피싱에 관해 별별 이야기를 다해도 말려지지 않았다. 딸이 마지막 수단으로 부산은행에 전화를 걸어서 "정말 삼천만 원을 갚으면 바로 육천만 원을 대출해 줄 수 있어요?"며 확인을 했다. 은행 측에서 "절대로 그런 법은 없고, 보이스피싱이니 경찰에 신고해라."는 답변이었다. 그제야 이 사위 친구 정신이 돌아왔고 돈을 지킬 수 있었다.

내 딸 덕에 아슬아슬한 순간 보이스피싱을 막아낸 사위 친구가 그날 저녁에 비싼 한우고기를 우리에게 실컷 사 주었다.

　그 뒤로도 지인들이 그런 일을 당했다는 이야기가 심심찮게 들린다. 아무리 살기 힘들어도 대놓고 사기를 치는 이런 세상이 바로 지금 세상이다. 코로나 때문에도 힘든데, 도대체 세상이 어찌 되려고 이렇게 서로 믿고 살기가 어려운 시절이 되었는지 참으로 안타깝다.

　오늘도 사무실에서 보이스피싱을 당할 뻔한 그 남자, 탁구공처럼 놀리는 재미가 쏠쏠하다. 검은 얼굴에 하얀 이를 드러내고 씩 웃으며 던지는 투박한 부산 사투리가 해맑다.

"만약에 그 돈 잊어버렸으면 지는 자살을 했을 깁니더."

[한국수필작가회 2022.]

고양이손 손녀

식당.

주방 바닥에 앉은뱅이 의자를 깔고 앉아서 설거지통에 손을 넣는 순간, 쓸쓸하고 허탈한 웃음이 나온다. 그냥 작은 아이일 뿐인데….

그 녀석의 빈자리가 확~ 느껴지며 큰 식당이 더 크고 텅 비어버린 듯 허전하다. 쓸쓸한 마음이 적막하기까지 하다.

추석 연휴가 시작되면서 펜션 사업을 하는 딸 부부가 제 아이들을 맡길 데가 없으니 펜션으로 데리고 출근한다. 그런데 펜션과 낚시 예약, 문의 전화까지 하루에 천 통이 넘으니 제 아이들을 돌볼 사이가 없다. 사위 역시 새벽 세 시부터 낚시를 온 사람들을 스무 척이 넘는 배에 인솔해서 태워주고, 오후에는 체험 낚시를 온 사람들 사오백 명을 안내하고 인솔하다 보면 아이들을 챙길 수가 없다. 두 해 가까이 코로나 때문에 성수기를 모두 놓쳤기 때문에 거리두기를 하면서 최선을 다해 적자를 극복하고 있는 그들을 돕기 위해 내가 합류했다.

일곱 살 손녀는 그런 눈치를 아는지 하루 종일 내 꽁무니만 따라다닌다. 나는 사무실 직원들 점심 준비를 해놓고 살그머니 식당으로 올라오면 이내 전화가 온다.

"함머니, 지금 어디세요?"

전화가 끝나기 전에 '꼭 그럴 줄 알았다.'는 표정으로 온몸이 땀범벅이 되어서 씩씩거리며 식당 안으로 뛰어 들어온다. 그러고도 나를 귀찮게 하는 일은 없다.

낚싯배에 도시락을 배달하고 거둬들인 밥공기가 뚜껑까지 삼사백 개가 넘는다. 그것을 모두 세제로 문질러 헹궈 건지려면 꽤나 오랜 시간이 걸린다. 그 일을 손녀딸은 돕는다. 내가 세제로 문질러서 애벌 헹굼을 하고 흐르는 물속에 담가놓으면, 고사리손으로 일일이 호스로 물을 뿌려가며, 깨끗이 헹궈서 바구니에 암팡지게 엎어놓는다.

"아이구~ 고사리손으로 우리 강아지는 일도 잘해요."

"함머니, 저는 고사리손이 아니라 고양이손이에요."

주먹을 쥐고 내미는 손은 꼭 고양이 발을 닮아있다. "고사리 같이 생겼는데?" "아니에요. 고양이 손이에요. 보세요. 꼭 닮았죠?"

고사리를 본 적 없는 손녀는, 내가 고양이손을 인정할 때까지 계속 노력하는 모습이 귀여워서 나도 억지를 부리곤 했다. 손녀는 고추 꼭지도 함께 따고, 홀 청소도 함께하면서 아흐레 동안 내 옆을 맴돌며 노래를 불러주고 참새처럼 재잘거렸다. 힘이 들면 핸드폰 게임을 하다가 도시락 박스 위에서 잠이 들기도 했다. 새근거리는 숨소리만으로도 백 평이 넘는 식당 안에 행복감으로 가득 채워졌다. 나는 손녀와 함께라서 좋은 줄만 알았었다. 그런데 일곱 살짜리의 빈자리가 이렇게 크고 적적할 줄은 미처 생각을 못 했다.

도시락 배달 일을 하는 나는 출근하여 두 시간 동안에 바쁘게 홀을 청소하고나서 반찬과 밥을 해서 공기에 담고 나면 사무실 직원들이 올라와서 도시락에 반찬을 담고 포장한다. 매일 반복되는 일상이다. 바쁜 만큼 쓸쓸하다는 생각은 할 수 없었는데 그 작은 녀석의 빈자리가 이렇게 크다니….

커다란 홀과 주방이 더욱 넓고 텅 빈 듯하다. 대형냉장고 돌아가는 소리는 다른 날보다 더 크게 웅웅거리며 요란을 떨고 있고, 씻어야 할 밥공기가 같은 양이건만 두세 배는 더 많아 보이고 일손은 자꾸만 뒤처진다. 눈은 이 구석 저 구석에 배어있는 그 녀석의 목소리와 숨소리를 찾아 헤맨다.

고양이손을 가진 녀석이 오려면 닷새는 더 기다려야 하는데, 너무 긴 시간이다. 그동안 무엇으로 허전하고 텅 비어버린 마음을 채워야 할지….

아흐레의 날짜는 결코 짧은 날이 아니었다. 손녀가 준 행복과 충만감의 그 끝은 무척 길고 지루한 날들의 시작이 되어버렸다.

춤추는 아이들

"쿵짝 쿵짝, 뿌우뿌우…"

'이를 어째' 벌써 도로는 차량이 통제가 시작됐다. 너무 늦게 나왔나 보다.

며느리에게 명령을 한다.

"오른쪽으로 꺾어. 왼쪽, 직진, 직진. 오른쪽 왼쪽…"

급하게 차를 몰아 골목을 돌고 돌아 소방서 옆 복개천에 주차 해 놓고 서둘러 뛰었다. 며칠 전부터 꼭 와야 한다고 손녀들이 누누이 이야기를 했었다. 아침에 학교 가기 전에는 운동장으로 와서 함께 걷자고도 했다. 그런데 이렇게 늦어 버릴 줄이야.

오늘은 철원초등학교 학생들이 길거리 퍼레이드를 하는 날이다. 아침에 아이들이 했던 말이 생각났다.

"할머니, 나는 슈퍼맨 옷을 입고 걸을 거야."

2학년 은서의 말이다.

1학년인 쌍둥이는 하얀 티에 스타킹을 입고 오라고 했단다. 두리번거리며 뛰는데 "할머니 여기 여기~."라고 은서 목소리가 들렷다. 두리번거리니, 바로 앞에 슈퍼맨 복장을 한 아이들이 걷고 있다. 은서가 팔짝팔짝 뛰면서 손을 흔들고 있다. 모두 같은 옷에 분홍꽃 모양의 안경을 쓰고 있으니 은서를 찾을 수가 없었다. 긴 빨대로 만든 나팔에는 은서가 직접 그림을 그려서 만든 깃발이 달려 있는데 '뿌우뿌우~' 불면서 걷고 있다. 둘러보니 고학년들의 허리에 맨 북도, 흔들고 있는 탬버린도 모두 손수 만든 것들로 연주를 하면서 걷고 있다. 나를 본 손녀는 신이 나서 더욱 팔딱이며 힘차게 플라스틱 나팔을 불어댄다.

"동생들은 어디 있어?" 큰소리로 물으니 "뒤에 있어요." 목이 터져라 대답한다.

며느리도 제 아이들을 찾고 있다.

쌍둥이는 헝가리 무용복을 입고 노랑, 빨강 장갑을 낀 손을 흔들며 걷고 있다. 우리를 발견하고는 좋아하며 포즈를 잡는다. 아마도 사진으로 남기고 싶었나 보다. 머리에 뾰족한 플라스틱 고깔모자를 쓰고 있는데 모두가 직접 그리고 만든 것들이라 같은 그림이 없다. 한없이 귀엽다. 당당하게 아이들 옆에 서서 함께 걸었다. 그런데 왜 내가 신이 나는지 모르겠다. 어느새 남편도 나타나서 왔다 갔다 사진을 찍으며 앞으로 뒤로 뛰어다니고 있다.

그러고 보니 온 가족들의 축제다.

동송터미널 앞까지 도착하자 스피커에서 '따르릉'이라는 노래가 나오고 아이들은 일제히 춤을 추기 시작했다. 처음에는 망설이는 듯하더니 이내 신이 나서 흔들어댄다. 이어서 고학년들의 춤과 퍼포먼스가 나오고 각자 직접 만든 악기 연주가 엉성하게 울려 퍼졌다. 모든 학년이 특색 있는 캐릭터 옷과 서로 다른 악기들을 만들어 들고 있지만, 관객들을 충분히 웃게 만들었다.

돌아가는 길에도 플라스틱 북소리에 맞춰 구호도 외치고 나팔도 불고 손을 흔들었다. 그만하면 아이들에게는 나이 들면 꺼내 볼 수 있는 추억 하나 만들어졌겠다.

나는 아이들 뒤를 따라 걸으면서 초등학교 시절 학예회가 생각났다. 서툰 솜씨로 춤을 췄는데 모두 따라 하면서 즐거워했던 일, 남자아이하고 손잡고 포크 댄스를 추면서 남자랑 손잡았다고 놀림을 당했던 일… 나에게는 무척 쑥스러웠던 기억들이지만 50년이 지난 지금도 꺼내 보면 웃음이 나오고, 친구들 모습이 아련하게 그려지곤 한다.

길거리에 줄 서서 매달린 현수막들도 축제장의 깃발처럼 펄럭이고, 노랗게 물들기 시작한 은행나무도 아이들과 함께 북소리에 맞춰 길거리 춤을 추고 있다. 푸른 가을 하늘의 흰 구름은 그때 그 시절 친구들의 얼굴 같아 보여 정감 있다. 아이들의 행렬은 나의 길거리 축제가 되어 마음을 아름답게 채워주고 나를 춤추게 만들었다. 풍요로운 가을의 한 페이지다.

며느리 친구

"어머니, 고맙습니다."

해마다 명절이거나 김장 때면 함께 사는 며느리에게 듣는 말이다. 언제 들어도 마음이 흐뭇하고 좋다.

남편이 막둥이로 태어난 우리 집에는 명절이면 우리가 먹을 음식만 조금 할 뿐이다. 그것도 전은 거의 다 남편이 부쳐주는 덕에 크게 할 일이 없다. 시장만 봐와서 냉장고에 쟁여놓고 그때그때 조금씩 필요한 것만 해서 먹으면 된다. 전은 조금씩 싸서 며느리의 친정으로 보내고 우리도 큰댁으로 차례를 지내러 간다. 그리고 시댁으로 갔던 딸과 사위, 아들과 며느리가 모두 명절날 오후에 우리 집으로 모여서 가족간의 정을 나눈다.

외식할 때도 있지만 마당에서 고기를 굽기도 하는데, 불을 지피거나 고기를 굽는 일은 남자들 몫이다. 여자들은 대충 준비만 해주고, 함께 맥주도 마시고 즐겁게 놀다가 설거지만 하면 된다. 그래도 우리 여자들은 힘들다고 엄살을 부린다.

어느 날 며느리가 다니는 회사에, 가까운 곳에 사는 비슷한 또래의 여 선생이 입사하게 되었다. 둘 다 먼 타지에서 시집을 온 처지여서 친구가 없었다. 나이가 동갑인 것을 알게 되고는 금방 동료에서 친구가 되었다. 그런데 이 친구 시집살이가 대단했다. 명절이 가까워지면 준비하는 데만 며칠, 부침하는 것도 아침부터 늦은밤까지 부쳐야 끝이 난다고 한다. 그녀는 몸이 피곤한 것보다 머리가 아파 죽을 지경이란다. 외아들인 그녀의 남편은 도와주지 않고 혼자 들어가서 자버린단다. 그래도 집안이 조용하려면 묵묵히 그 많은 일을 모두 해야 한단다. 이야기를 듣고 온 며느리는 내게 '고맙습니다'를 반복해서 말했다.

그녀는 직장에서 늦게 퇴근하는 날에는, 아침 일찍 찌개랑 반찬을 만들어 시댁에 갖다드리고 나서야 출근한다고 한다. 그렇게 해야 유치원 끝나고 귀가하는 자녀들을 맡길 수 있단다. 김장은 보통 이백 포기 아니면 삼백 포기를 해야 하는데 뽑고 절이고 속 넣는데 삼사 일이 걸린단다. 그 김장도 외며느리인 그녀가 직장에서 퇴근한 후에 해야 하는 일이다. 그뿐이 아니다. 시어머니가 동네 노인들 힘들다며 며느리보고 김장 속을 싸주고 오라기까지 한단다. 한마디로 동네 며느리인 거다.

그녀가 이따금 우리 며느리를 불러내곤 하는데 맥주를 한 잔씩 마시면서 넋두리로 그동안의 스트레스를 풀곤 한다.

이곳 철원은 설 명절을 앞두고 집집마다 만두를 빚어서 냉장고에 얼려놓고 겨우내 먹는다. 많이 빚는다는 뜻이다. 그 친구네는 커다란 고무 함지박에 속을 하나 가득 만들어 놓고 삼 일을 피를 반죽하고 만들고 나서 속을 넣는단다. 이렇듯 며느리를 혹사 시켜 만든 만두를 시어머니가 이 집 저 집 싸서 돌린다고 하니 여간 힘든 일이 아닐거다.

'에구, 편하게 조금만 만들어서 맛있게 먹으면 모두가 행복할 텐데….' 안타깝기 그지없다.

우리 며느리는 그녀가 안 됐다고 하면서도 대단하다고 칭찬을 아끼지 않는다. 나도 가끔 집에서 만두를 빚었는데 쌍둥이가 태어난 뒤로는 집에서 빚지 않고 손만두를 삼만여 원어치씩 주문해서 먹는다. 맛도 좋고 편하다. 그러면 며느리는 또 그녀 시어머니와 비교하면서 내게 고맙다고 말한다. 그녀 덕분에 내 주가가 자꾸 올라가는 걸 보면 며느리가 친구는 제대로 잘 사귄 것 같다.

나는 그녀의 시어머니가 연세가 많은 줄로 알았다. '주는 걸 좋아해도 조금만 덜 퍼주고 며느리 좀 아껴 주면 좋을 텐데' 하는 생각이 자주 들었다. 그런데 그 사람 나랑 비슷한 연배, 아니 나보다도 두 살 아래라고 한다. '이런~, 젊은 사람이, 아까운 며느리 조금만 아껴 주지. 고생을 그리시키나.' 그녀의 시어머니 얼굴 한번 보고 싶다.

그런데 나는 오늘도 며느리보고 말한다.

"넌, 친구는 정말 잘 사귄 것 같아. 덕분에 내가 고맙다는 소리 무지 듣고 살잖어. 그것도 우리 둘 다 행복이다. 그치?"

명절 음식을 하느라고 허리가 휘어버렸다는 그녀가 명절이 끝나고 밤늦게 전화를 걸어 며느리와 만나고 싶다고 했다. 아이들을 내게 맡겨놓고 나가서, 맥주 한잔하면서 친구의 하소연 다 들어주고 들어오는 며느리 마음도 예쁘기 그지없다.

오늘도 '그런 시어머니가 아니어서 고맙다.'라고 내게 말하는 며느리가 나는 더욱 사랑스럽고 예쁘다.

[그린에세이 2019.]

사랑의 편지

화장대 앞에 섰는데 가슴이 울컥한다.

손녀들이 왔다가 며칠 만에 떠나고 나니 더 허전하던 참이었다. 방에 들어가기 싫어 마루에서 뒹굴다가 남편은 무거운 두 어깨를 늘어뜨리고 서울로 올라갔다.

올해는 휴가를 받았는데 코로나19로 인하여 갈 곳이 마땅치 않았다. 남편과 고향에 잠깐 다녀오면서 아들 집에 들렀을 뿐이다. 십여 년을 함께 살았던 정이 있어서 그런지 손녀들이 유난히 잘 따르고 보고 싶어 했다. 우리가 들렀을 때는 제 엄마 아빠 허락도 받지 않고 몰래 가방을 싸놓고, 우리를 따라올 참으로 기다리고 있었다. 며느리에게는 미안했지만, 어쩔 수 없어 데려오는 척하면서 함께 왔다.

나는 손녀들과 지낼 수 있으니 내심 무척 좋았다. 그런데 직장에 다니니 낮에는 손녀들만 두고 출근해야 하는 부담감도 있었으나 점심시간에는 잠깐 집에 들러 손녀들을 단속할 수 있어서 다행이었다. 이틀만 더 근무하면 또 토요일이어서 별문제가 없을 것 같았다.

그렇게 아이들과 지지고 볶는 매일 매일이 즐겁고 행복하기만 했다.

밤이면 마루에 커다란 이부자리를 깔아놓고 한곳에 누워서 웃고 떠들다가 잠이 들었다. 매일 밤, 혼자였던 내게는 꿈같은 나날이었다. 내가 일을 나간 사이 손녀들은 컴퓨터로 학교 수업을 듣는다. 각자 제 할 일을 끝내 놓고 나면 친구들 학교 수업이 끝나기를 기다린다. 그리고는 끝나는 시간에 맞춰 전에 다니던 학교로 득달같이 달려가서 신나게 놀다가 왔다. 이곳 철원은 코로나19로부터 청정지역이라 학생들이 매일 학교에 간다. 마스크를 쓰고 나가서 놀고 있으면, 나는 그런 아이들을 퇴근하면서 집에 데리고 들어와 바로 씻게 한다. 집이 꽉 차는 것이 커다란 참새 둥지 같다.

시간은 너무 빨리빨리 흘렀다. 손녀들이 떠나는 날은 왜 그리도 빨리 찾아오는지 야속하기 그지없다. 아이들이 떠나야 한다고 생각하니 마음이 안절부절못했다. 아들 며느리가 손녀들을 데리러 왔다. '얄미운 녀석들. 학교도 화요일 하루만 가는데, 현장학습으로 빼고 며칠 더 둬도 될 텐데….'

섭섭했지만 내색은 하지 못했다. 가기 싫어하는 손녀들은 고삐에 매달려 끌려가듯 따라나섰다. 가면서도 차에 타기 전에 여러 번 다시 뛰어와서 나를 꼭 끌어안고 다시 철원으로 이사를 오고 싶다며 울먹였다. 올 초 그들이 이사 갈 때보다 더 마음 아픈 이별을 했다.

그도 그럴 것이, 평택으로 이사를 가자마자 코로나19 때문에 학교도 갈 수가 없으니 친구들을 사귈 시간도 없이 집에만 갇혀 살았단다. 한창 뛰어놀 나이에 얼마나 답답할지 안 봐도 알 것 같다. 더군다나 이곳 철원초등학교에서는 스케이트 선수라서 방과 후에 운동하던 아이들이 아니었던가.

밤늦게 마지못해서 들어간 방, 화장대 앞에는 편지가 놓여 있었다. A4 용지에 커다란 하트를 그려놓고 "할머니 할아버지 사랑해요."라고 크게 써 놓았다. 바로 아랫줄에는 "또 놀러 올게요. 사랑하는 은서♡" 10년 세월을 헛살지 않았다는 생각이 들었다. '언제 이렇게 커서 편지를 써놓고 간 걸까.' 감동이 불꽃처럼 몰려왔다.

"할머니 할아버지, 다음엔 꼭 우리 함께 살아요."는 민서 편지의 한 부문이다.

"꼭 할머니랑 할아버지가 저희 집에 이사 오셨으면 좋겠어요." 아무 때나 내 가슴에 손을 집어넣고, 밤마다 내 방에 와서 잠을 자던 '예서'다. 밤늦게 잘 자라고 톡을 보내는 녀석이기도 하다. 세 녀석의 바람을 적어 놓고 간 걸 확인하니 섭섭함과 울적함이 조금 가셨다. 오히려 마음이 울컥한 것이 눈물이 났다. 나는 편지를 사진으로 찍어서 남편에게 보내줬다. 못내 아쉬웠던 남편도 허기가 채워진 것 같다고 했다.

아이들 꿈이라도 꿀 수 있으면 얼마나 좋을까. 혼자 누워있는 커다란 방안이 손녀들의 사랑으로 가득 차 있어, 푸근하고 따뜻한 밤이 될 것 같다.

'얘들아, 이 할미도 너희들 무지무지 사랑한다. 벌써 보고 싶어 눈물이 나는구나.'

나는 마음으로 여러 번 반복해서 그리운 편지를 쓴다.

무지개띠

우리에게는 열두 개의 띠가 있다.

해마다 정월이 되면 믿음이 있든 없든 한 해 운세를 보곤 한다. 그때 생년월일을 기록하면 태어난 해에 해당하는 열두 동물이 나온다. 나와 남편은 쥐띠다.

설을 맞이해 새해 덕담을 나누면서 한 친구가 마침 토정비결 웹을 보내왔다. 겨울방학 동안 우리 집에 손자랑 손녀가 와 있어서 적적함이 덜 했지만 5인 이상 모일 수 없다고 하니 아들딸이 오지 못해 남편과 나는 허전하던 참이었다.

좋은 놀거리가 생겼으니 신이 났다. 먼저 내 운세를 입력했다. 모두 좋은 말에 물질 운도 많다고 한다. 문제는 노력해야 얻을 수 있단다. 남편 것도 입력했다. 나와는 조금 달랐지만 모두가 좋은 말인데 역시 부단히 노력해야 한단다. 그래도 좋은 말들이니 한 해가 기대가 되고 희망도 걸어본다.

아들딸들 것도 차례로 입력해서 읽다 보니 손자 손녀의 운세도 궁금했다. 손자가 이제 열 살인데 연애 운이 있다고 한다. 하지만 신중하게 생각하고 결정해야 한단다. 남편은 이제 곧 손주 며느리도 보는 거냐며 장난스럽게 웃는다. 손자는 얼굴이 빨개져서 아니라며 소리를 지르고 도망을 갔다. 이제 일곱 살이 되는 손녀 생년월일을 입력해야 하는데 그동안 한 번도 손녀가 무슨 띠인지 생각해 본 적이 없었다.

"아유, 오빠는 토끼띠인데 우리 공주는 무슨 띠일까?"

태어난 연도는 알겠는데 무슨 띠인지 도무지 알 수가 없었다. 옆에서 우리 이야기를 듣고 있던 녀석이 갑자기 "함머니, 나는요 무지개띠에요." 하며 당당하게 말한다. 할아버지와 나는 웃음이 나왔지만 꾹 참고 "그래? 왜 무지개띠야?" 물으니 "그건~ 내가 제일 좋아하는 거라서 무지개띠 할 거예요." 한다. 혹시 손녀가 좋아하는 태권도 품세인가 해서 손자에게 물어보니 무지개띠는 없다고 했다. 알아보니 손녀는 원숭이띠다.

"에구 원숭이띠구만. 그래서 손재주가 좋은가 보다."

"아니에요. 나는 원숭이 싫어해요. 무지개띠가 좋아요."

손녀가 닭똥 같은 눈물을 뚝뚝 떨어뜨린다. 그게 어디 그렇게 울 일인가. 남편이 손녀를 안아주면서 "원숭이띠가 왜 싫은데? 동물원에 가면 네가 제일 좋아하는 거잖아."라고 달랜다.

"아니야. 향이는 동물이 되는 거 싫어. 무지개할 거야."

여전히 훌쩍인다.

"그래그래 향이는 무지개띠야. 원숭이띠 아니고 무지개띠 해. 알았지?"

손녀의 울음을 겨우 달랠 수 있었다. 울음을 그친 손녀는 "함머니,

이제부터 함머니도 쥐띠 하지 말고 무지개띠 해요." 하면서 어깨에 매달린다. 우습지만 한없이 귀엽다.

"그래그래 알았어. 이제부터 향이랑 할머니만 무지개띠 하자."

그 말을 듣자 손녀는 신이 나서 온방을 돌며 '향이랑 할머니는 무지개띠'라며 노래를 부른다. 그래서 나는 졸지에 올 설날부터 손녀랑 함께 무지개띠가 되었다. 아이가 좋아하며 웃어서 그런지 갑자기 온 세상이 밝아진 것 같았다.

나는 평소 하늘색을 닮은 파란색을 좋아한다. 나를 닮은 손녀도 파란색이 좋다고 한다. 기분이 좋아진 손녀는 색연필을 꺼내놓고 A4 용지에 무지개를 그렸다. 일곱 가지 색 중에 파란색을 제일 두껍게 칠해서 고이 접어 할아버지 몰래 내 호주머니에 넣어주며 선물이란다. 할아버지한테는 비밀이라고 말하는 손녀의 손이 무척 따뜻하다. 종갓집에서 자란 나는 사랑스러운 손녀를 보며 소가족이 사는 것도 좋지만, 대가족이 함께 사는 것도 참으로 행복할 것 같다는 생각을 해 본다. 넷이 보내는 조용한 설날이었지만 무지개띠로 다시 태어나는 행복한 하루였다.

[시와 수상문학 2021.]

아이들과 낙엽

"나비다. 나비야."

"내가 잡을 거야."

"아니야, 저건 내가 잡을 거야."

떨어지는 나뭇잎을 잡으려고 아이들이 뛰어다닌다. 그 모습이 너무 좋아 한참을 내다보며 나도 크게 웃었다.

찬바람이 불면서 마당에 서있는 느티나무에서 노란 잎들이 하나씩 나부끼며 팔락팔락 떨어지고 있다. 그것을 잡으려 두 팔을 벌리고 세 녀석이 뛰어다닌다. 땅으로 떨어지기 전에 손에 잡히면 무척 행복해하는 녀석과 잡지 못해 부러워하다가 짜증을 부리는 녀석도 있다. 그러다 바람이 없는 날은 나뭇잎을 주워 실에 매달고 달린다. 연을 날리는 거란다.

주말이면 딸네 아이들까지 다섯 녀석이 뛰다가 넘어져 울고, 저희들끼리 털어주고 달래주기도 하고 싸우다가 울다를 반복한다. 그러다 지치면 평상에 매달아 놓은 해먹을 서로 타겠다고 또 싸운다. 결국엔 다섯이 옆으로 주르륵 앉아서 함께 탄다. 처음엔 조바심으로 지켜봤지만, 이제는 어른들은 잠깐씩 내다볼 뿐 별로 개의치 않는다. 만성이다.

며칠 전 밤새 바람이 불고 추워지더니 느티나무가 제법 많은 잎을 떨어뜨렸다. 아이들이 학교에서 돌아오자마자 책가방을 평상에 던져 놓고 갈퀴와 싸리비를 들고 모두 긁어모았다. 빈 라면박스를 가져다 옆으로 눕혀놓고 모아놓은 낙엽으로 방석도 깔고 지붕도 만들어 집을 지었다. 서로 들어가려고 싸우다가 부서지고 말았다. 그래도 포기하지 않고 깔고 앉아서 오손도손 놀다가 아예 누워서 이불이라며 덮는다. 나뭇잎 찜질 제대로 하고 들어온 녀석들 다음날에도 놀 거라면서 버리면 안 된다고 단단히 일러둔다.

무척 춥던 날, 밤새 다 물들지 못한 은행잎이 모두 떨어졌다. 자동차 위에도 마당에도 소복소복 쌓여있다. 그 위에 하얀 된서리가 내려앉은 모습에 "와, 눈이다!" 하면서 한 녀석이 뛰어가서 밟아 보더니 "눈처럼 푹신해~ 봐봐." 그러자 우르르 달려들어 뛰어다닌다. 학교 늦는다고 소리 질러도 쳐다도 안 보던 녀석들, 하마터면 통학 버스 놓칠 뻔했다.

"할머니 마당에 나뭇잎 그대로 두세요. 다녀와서 눈 더 보고 싶어요."라고 소리치지만 눈도 아니고 서리가 어디 기다려주겠는가. 햇빛에 몇 번 반짝이더니 이내 사라져 버렸다. 녀석들은 그날부터 흰 눈은 언제 오냐며 눈 빠지게 기다린다.

눈을 기다리다 지친 녀석들은 이제는 낙엽을 서로에게 뿌리며 논다. "눈이다. 눈이야."라며 온 마당을 뛰어다닌다. 녀석들에게 나뭇잎은 낙엽이 아닌 장난감이고 꿈이다. 그리고 추억이다. 주말인 오늘도 갈퀴 들고 싸리비 들고 흩어진 낙엽을 모으고 있다. 사용한 연장은 아무

곳이나 놓지 말고 제자리에 놓아야 한다고 이 할미 잔소리도 개의치 않고 눈놀이에 빠져있다.

그런 손주들을 보면서 내 어린 날을 추억하는 나는 행복하다. 아파트에 사는 친구들이 놀러 오고 싶어하고 부러워한다며 얘기하다 말고 녀석들은 "할머니 우리 절대로 이사 가면 안 돼요. 꼭이요." "그럼 그럼." 조손 간에 단단히 손가락까지 걸어가며 약속을 한 다음 자리에 누웠다.

사랑스럽다. 어제 너무 뛰어선지 아침이 돼도 일어나지 못하고 곤히 자고 있다. 창밖으로 붉게 떠오르는 아침 햇살이 아이들의 웃음소리처럼 해맑다.

엄마 생각

간신히 일어나려고 움직이는데 거실에서 놀고 있던 일곱 살 손녀가 득달같이 달려와 침대 옆에 놓인 목발을 짚어 손에 쥐어 주고 팔을 잡아준다. 순간 울컥하는 마음이 들어 눈물이 핑그르르 돈다. 돌아가신 엄마 생각이 간절하다.

쌍둥이 손녀가 다섯 살 때 친정엄마가 우리 집에 오셨다. 병원에 입원해 계시다가 퇴원한 후여서 잘 일어나지도 못했고 걷지도 못했다. 그런 엄마가 조금이라도 움직이면 쌍둥이는 달려가서 한 명은 팔을 잡아주고 한 명은 엉덩이를 받쳐주면서 ㄷ자 지팡이를 양손에 쥐어드렸다. 그리고 화장실까지 따라가서 기다리다가 돌아올 때도 양옆에서 잡아드렸다. 현관으로 나가실 때도 한 명은 넘어지지 않게 잡아드리고 한 명은 신발을 손가락까지 넣어서 신겨드렸다. 그리고 마당 평상까지 안전하게 잡고 나가곤 했다.

우리 나이로 다섯 살이지, 만 나이로는 세 살밖에 안 된 그 어린것들의 머릿속에서 도와드려야 한다는 생각을 어떻게 했는지, 참으로 기특하고 예뻤다. 모든 일에 "왕할머니, 왕할머니" 해가며 우선순위에 놓고 양보하며 행동하던 손녀들이 곱고 예뻤다. 엄마를 뵈려고 다니러 왔던 동생들도 그 모습에 아주 흐뭇해 하며 칭찬을 아끼지 않았다.

엄마를 운동시키려고 동네 약수터에라도 가면 쌍둥이는 왕할머니 양옆에 붙어서 꼭 자신들이 돌봐야 하는 아기처럼 잡고 걷다가 조금 앞에 앉을 자리를 찾아내어 힘들어하는 왕할머니를 앉혀 드리고, 이마에 땀을 닦아주고 물병을 손에 쥐어 드리며 마시게 했었다.

마을 어르신들은 그런 우리 쌍둥이에게 손에 포도나 사과, 삶은 밤을 들고나와서 기다리고 있다가 두 손 가득히 쥐여 주시기도 하고 윗옷 앞자락에 싸주기도 하셨다. 그렇게 받아든 먹거리를 왕할머니 입속에 먼저 넣어드리며 잡숫게 한 뒤에 내게도 건네주고 자신들 입으로 가져갔다. 그런 순간순간이 예쁘고 행복했었다.

지금 내게도 손녀의 보살핌을 받을 일이 일어났다. 코로나19에 감염되었다가 치료는 되었어도 후유증으로 어지럼증이 심해졌다. 어느 날 일하는 중에 머리가 핑그르르 돌면서 주저앉았다. 한참을 차갑고 철퍽한 주방의 물바닥에 앉아서 소리를 질러도 아무도 없었다. 전화기도 멀리 떨어져 있어 연락도 할 수 없었다. 그렇게 한 시간이 넘게 뭉그적거리다가 간신히 싱크대를 잡고 일어나서 딸에게 전화를 걸고 응급실에 갈 수 있었다. 발목이 부러졌다고 했다.

목발을 짚고 돌아온 나를, 손녀딸이 그때 쌍둥이처럼 애기 취급을 하며 내 옆을 지키기 시작했다. 조금만 움직여도 목발을 쥐여 주면서 한쪽 팔을 잡고 부축을 해줬다. 힘들어서 누워있으면 베개를 가져와 발밑에 고여 주며 "다리를 높여야 부기가 빠져요. 절대로 빼지 마세요.

네?" 신신당부를 하며 잔소리를 해댔다. 목이 말라 일어나려 하면 먼저 달려가서 물을 가져왔다. 어린 손녀 눈에 내가 불쌍해 보였는지 아니면 안타까워서 그랬는지 옆에 붙어서 수족이 되어주고 밤에도 내 옆에서 잠이 들었다.

그럴수록 나는 진한 그리움이 솟구쳐 올랐다. 자꾸만 잊고 있던 엄마 생각이 새록새록 봄비에 새싹처럼 자라나서 목이 멨다.

그 녀석, 오늘도 엎드리라더니, 부러졌던 발목에 붓기 빨리 빠져야 한다며 주먹으로 발바닥을 자근자근 두드리더니 발밑에 베개를 고여놓고, 내 가슴에 고사리 같은 손을 넣은 채 잠들어 있다. 한없이 귀엽고 예쁜 것이 자꾸만 쓰담 거리며 볼에, 이마에 뽀뽀를 남발하게 한다. 무지 사랑스럽다. ♡♡

쌍둥이를 향한 친정엄마의 마음도 지금 나와 같았을 것 같아 조금은 위안이 되기도 한다.

[그린에세이 2022.]

엉뚱한 아이

딸 별이는 어려서 궁금한 것이 많은 아이였다. 두 돌이 지나면서 달력을 보고 손가락으로 짚어 가면서 '이게 뭐야?' '이건?'이라고 묻기 좋아하더니 일찍 숫자를 다 외워버렸다.

세 돌이 지나고부터 봄에 자꾸 밖으로 나가자고 졸라대던 녀석이 길거리에 간판을 손가락으로 가리키며 '엄마 저게 뭐야?' '저건?'라면서 계속 질문했다. 집에 돌아와서는 신문을 보고 같은 글씨를 찾아내는 거였다. 네 돌이 되기 전에 성경 예순여섯 개 제목을 보지 않고 순서는 틀려도 모두 기억하고 쓰는 걸 보고 나도 놀랐다.

그렇게 호기심도, 궁금한 것도 많은 아이였지만 나는 유난히 질문을 많이 하는 딸이 때론 부담스러웠다. 어느 날 잘 모르는 걸 물었다.

"우리 함께 백과사전을 찾아볼까?"

"엄마, 나는 엄마가 백과사전인 줄 알았지."라는 대답에 기가 막혔다. 마치 '흥 엄마도 모르는 것이 있구나.'라며 무시하는 말투였다. 그 후로는 딸의 엉뚱한 질문이 상당히 부담스러웠다.

엉뚱한 짓을 할 때면 나도 모르게 "너 같은 딸 낳아서 길러봐. 너도 힘들 걸."라면서 다투곤 했었다.

그랬던 딸이 초등학교 1학년 아들과 세 돌배기 딸을 기른다. 내가 딸을 기를 때보다 훨씬 더 똑똑하고 엉뚱한 녀석들이다. 딸은 제 아이들의 잠자리에서 동화책을 두 권씩 읽어 준다. 읽다가 책에서와 같은 질문을 아들에게 했다.

"우리 율이는 엄마가 해준 음식 중에 뭐가 제일 맛있어?"

"자장면이요."

"아니 시켜 먹는 음식 말고 엄마가 만든 음식 말야."

"그러니까 시켜 먹는 자장면이 제일 맛있어요."

두 눈을 동그랗게 뜨고 올려다보며 엉뚱한 대답을 하는 손자의 말에 딸은 할 말을 잊는다. 다시 물어봐도 같은 말이다. 아마도 약은 녀석이 어쩌면 자장면이 먹고 싶어 한 말이 아닌가 싶다. 딸은 뒤통수를 한 대 맞은 기분이었단다. 완패다.

바로 옆에서 이를 지켜보던 눈치 빠른, 세 돌배기 손녀는 얼른 제 어미 기분을 맞추려고 "엄마, 향이는 엄마가 만들어 준 ○○도 ○○도 ○○도 다~ 맛있쪄요. 그치 엄마~." 향이가 손가락을 세어가며 말하는데 알아들을 수 있는 음식 이름은 하나도 없다. 아마 말하는 손녀도 모르는 음식일 거다. 무릎에 앉아서 제 어미 상한 기분을 살피며 애교를 떠는 것이 아들과 전혀 다른 모습이다.

요즘은 어려도 한자 급수시험을 본다. 내신에 적용이 되는 것도 아닌데 유치원에서부터 가르친다. 그러다 보니 학습지를 시키고 학원을 보낸다. '어려서 배운 건 잘 잊지 않는다.'라고 생각하는 딸은 학원이나 학습지 대신, 인터넷으로 교재와 문제지를 사서 급수시험 준비를 시키고 있다. 한문은 상형문자다 보니 연상력으로 가르치는 것이 쉽다고 했다. 예를 들면 '농사 농(農)'을 불러주면서

"밭에 뭐가 심어졌어? 농부는 그곳에서 무엇을 하지?"

"농사를 지어요."

"그걸 한자로 쓰면 풀이 나 있는 밭이 합쳐져야 해. 그 밑에는 '별 진(辰)'을 쓰면 되는 거야."

이미 쉬운 한자를 알고 있는 손자는 곧잘 받아쓴다.

"이번엔 편할 안(安) 자를 쓸 건데, 위에는 집 모양이 있고 아래는 '여자 녀(女)'가 들어가야 해. 예를 들면 집에 엄마가 있어. 무슨 생각이 들어?"

딸은 '좋아요' 또는 '편안해요'를 기대했다. 그런데 엉뚱하기만 한 손자녀석이 "무서워요."라고 대답했다.

"아니~ 엄마가 집에서 율이를 기다리고 있는데 무서워? 좋거나 편안하지 않아?"

"네, 당연히 무섭죠."

공부하기 싫은 녀석의 엉뚱한 잔머리다. '편할 안(安)' 자 가르치려다 지붕이 아닌 딸의 머리 뚜껑이 열려버렸다. 이 모습을 옆에서 지켜보던 사위가 너무 웃다가 쓰러져 방바닥을 뒹군다. 어린아이의 뇌는 놀라운 것이 암기가 엄청 빠르다고 말하더니 대뜸 나에게 화살을 돌린다.

"이게 다 엄마 탓이야. 나 닮은 딸 낳아서 길러보라고 하더니 나보다 몇 배는 더 힘든 아들이 생겼잖아."

에구~, 그게 어째서 내 탓이란 말인가. 저를 꼭 닮아서 그런걸….

천도(薦度)의 현수막

한반도 평화와 번영의 첫걸음
철원 화살머리고지 지뢰 제거 작업의 성공을 기원합니다.
화지○리 주민 일동

유해발굴단의 수고와 노고에 감사드립니다.
67년의 한(恨) 유해발굴단 환영
이평○리 주민 일동

10월 초부터 파란 하늘 아래 나부끼는 현수막들이 마치 승리의 깃발 같기도 하고 슬픈 영혼을 달래는 살풀이 춤판 같기도 했다.

북한이 고향인 분들이 많이 사는 이 지역 주민들에게는 남과 북이 함께 유해 발굴에 참여한다는 사실 하나만으로, 금방이라도 북한으로 뛰어갈 수 있는 길이 열릴 것 같은 생각에 충분히 감격했다. 마치 곧바로 평화 통일이 이루어질 것 같은 기대에 가슴이 부풀었다. 지뢰 제거라는 말만으로도 충분히 이제는 고향에 갈 수 있는 날이 머지않았음을 알리는 신호가 되기 때문이다. 그러니 깃발을 들고 환영하는 건 당연했다.

철원의 모든 지역에 화살머리고지 유해 발굴에 대한 가슴 벅찬 기쁨과 지뢰 제거에 투입되는 장병들의 무사 안녕을 기원하는 현수막이 걸렸다. 특히 화살머리고지에서 가까운 철원읍과 동송읍은 한마을처럼 붙어 있는데 동송으로 들어가는 초입부터 철원읍 화지리 끝까지 하늘이 거의 보이지 않을 정도로 많은 현수막이 걸렸다. 그중에는 다른 행사를 알리는 내용도 있었지만 거의 모두가 화살머리고지 유해 발굴과 지뢰 제거에 관련된 내용이었다.

길옆으로는 푸른 제복을 입은 은행나무가 행렬하는 병사들처럼 서 있고, 유난히도 눈부시게 파란 하늘 아래로 승리의 깃발처럼 펄럭이는 현수막만 봐도 그동안 어둡고 차가운 곳에서 한으로 묻혀 있었을 영령들의 넋이 위로를 받을 것 같다는 생각이 들었다. 가끔 '유해 발굴 감식단'이라고 써 붙인 봉고차를 보면 마치 고대 유물을 찾으러 다니는 고고학자들처럼 여겨지고 '참 대단한 일을 하는 사람들이구나.'라고 생각했을 뿐 큰 관심이 없던 나였다.

그런데 이번 역사적인 판문점 선언 이후 9·19군사 분야 합의서 체결로 'DMZ 유해 발굴' 첫 지역으로 이곳 철원에 있는 백마고지 옆 화살머리고지가 선정되면서 지역 주민과 함께 관심이 크게 높아졌다. 연일 무슨 기도라도 하는 양 현수막에 써져있는 글을 읽으며 천천히 지나가면 뒤에서 빨리 가라고 빵빵거리는 분도 있다. 대부분 외부에서 온 차량들이다.

'지성이면 감천'이라는데 매 주마다 막걸리를 들고 이 산 저 산 돌면서, 떠도는 영혼들을 위해 술을 따르시는 분이 생각났다. 아무도 관심을 갖지 않는 그 일을 일부러 시간을 내어, 혼자서 묵묵히 몇 년째 안주와 무거운 술병을 들고 산을 오르는 그분의 정성이 참으로 대단하다고 생각했었다. 그런데 이런 일이 생긴 걸 보면 그분의 기도가 하늘에 다다른 것이 아닌가 하는 마음도 생긴다.

지뢰 제거 작업이 시작되고 얼마 지나지 않아 작업 중에 두 구의 유해를 발굴했다는 뉴스가 나왔다. 태극기로 덮어서 운구하는 모습도 보도됐다. 차갑고 쓸쓸한 고지에서 아직도 총을 들고 나라를 지키고 있었을 우리의 병사였다. 예순다섯 해 만에 제대하는 순간이다. 이제는 고향으로 돌아가 가족들 옆에 편히 잠들 수 있게 됐다니 마음이 짠~ 하게 저려오면서도 훈훈하다.

가을 하늘이 더욱 높고 푸르다. 펄럭이는 현수막이 마치 천도재(薦度齋)에서 살풀이굿을 하며 넋을 하늘로 이끄는 천도(薦度)의 하얀 천이 된 것 같다. 수많은 전사자들의 넋이 그 길을 통해 평안한 영면의 길로 들어가 전쟁에서의 아픈 기억을 잊고 쉼을 얻기를 간절히 기원한다.

[창작21 2021.]

코로나19 덕분에

이제 네 돌이 지난 손녀가 내 귀에 대고 말한다.

"함머니, 저느은 함머니랑 함께 자고 싶은데, 엄마가 안 된다고 해서 슬퍼요."

"왜 슬픈데?"

"함머니가 혼자 자면 무서울까 봐 불쌍해서요."

제 가슴에 손을 대며 "여기가 많이 아파요." 한다.

나는 손녀의 깊은 마음에 감동을 받아 울컥해서 꼬~옥 안아줬다.

'코로나19'가 전국을 휩쓸고 있어, 온 나라가 전쟁 중이다. 학교나 유치원에 가지 못하는 아이들이 있는 집은 더욱 살벌한 전쟁을 한다. 대부분 아파트 살림이라 네댓 살밖에 안 된 아이들에게 뒤꿈치 들고 걸어라, 뛰지 마라, 조용히 해라, 장난감 떨어뜨리지 마라, 하루 종일 잔소리를 하는 엄마나 아이나 똑같이 스트레스다. 그러면서도 옆집, 윗집, 아랫집 눈치도 봐야 한다.

바로 우리 딸네 집이 그렇다. 아랫집에 케이크를 사 가기도 하고 과일을 들고 가서 고개를 몇 번씩 숙였지만 견디지 못하고 마당이 있는 친정으로 왔단다. 하루 이틀도 아니고… 매일 밖에 나가지 못하게 하고 집에만 가둬 놓으니 더욱 말썽을 피운단다. 이해는 하지만, 자꾸 혼을 내는 일에 지쳤단다.

오면 반갑고 가면 더 반가운 것이 손자, 손녀라고 하던데 우리도 마찬가지다. 뛰고 떠들고 어지르고 정신이 없다. 다행히 나는 '코로나19' 덕분에 일이 줄었어도 집에 있는 시간이 짧다. 내가 외출한 동안에 두 녀석은 자기들 세상이 된다. 어디서 찾아내는지 삽, 괭이, 호미, 심지어는 할아버지 연장들까지 마당에 꺼내다 놓고 말썽을 피워놓는다.

하루 종일 포장되지 않은 마당을 파고 메우는 등 밭을 일구고 있다. 초등학교에 들어간 큰 녀석이 구덩이를 파면 작은 녀석은 들어가 앉아서 즐거워한다. 어떻게 찾았는지 못을 가져다가 일렬로 현관 앞에 박아놓고 망치질을 했다며 제 자신이 자랑스러운지 우쭐대는 모습이 귀엽다. 목소리를 높여 야단을 치면서도 웃음이 나왔다.

그런데 이 녀석이 밤만 되면 꼭 내 옆에 와서 잠을 자려고 한다. 나는 어깨가 많이 아파서 교정치료 중이다. 팔베개를 해주면 안 되는데 꼭 내 팔을 베고 가슴을 더듬으면서 잠을 자려고 한다. 잠든 후에 살짝 팔을 빼면 다시 파고들면서 팔베개를 찾는다. 며칠을 그렇게 자고 나니 어깨가 심하게 아프고 목이 돌아가질 않았다. 그것을 본 딸이 내 옆에서 자는 것을 금지시켰다. 그것이 서러운지 내 무릎을 타고 앉아 목을 끌어안고 울었다. 누가 보면 마치 멀리 길 떠나는 애절한 이별을 하는 것 같았다.

결국 제 어미 손에 질질 끌려가면서 "함머니, 사랑해요. 안녕히 주무세요.”를 반복하면서 훌쩍훌쩍 눈물 콧물을 흘린다. 마음이 아렸지만 어깨가 너무 아파 말리지도 못했다. 그날 밤새, 녀석의 빈자리가 너무 크고 허전해서 자꾸만 뒤척였다. 귀엣말이 생각나서 웃음도 나왔다. ‘그 어린 것이 내게 진하고 깊은 감동을 주다니….’ 그 녀석 말을 곱씹으면서 ‘이런 게 사랑이구나.’ 싶었다.

“은향아! 이 할미도 향이 많이 많이 사랑한단다. ♡♡”

어린 손녀의 마음 씀씀이에 감격해서 잠을 이루지 못했지만, 긴긴밤 행복에 폭 젖어 본 날이었다.

결국 그 녀석, 그 날 후로 가는 날까지 보름이 넘도록 당당히 내 팔을 베고 잤다. 제 아파트로 돌아가는 날, 차창 밖으로 고개를 내밀고 “함머니, 무서워도 울면 안 돼요. 또 올게요.” 고사리 같은 손을 흔들며 가슴 찡~하게 혼자 남아있을 내 걱정을 한다.

온 세상을 두려움으로 떨게 만든, ‘코로나19’ 덕분에 잠시 찾아온 즐거움이었고 선물이었다.

[한국수필 2020.]

홀로 남는 연습은 아프다

전혀 나는 안 그럴 줄 알았다.

항상 이 자리에 앉아 있었건만 아주 다른 이 느낌은 뭘까. 오후 다섯 시가 되면 자꾸만 눈은 현관에 머물고, 나도 모르게 일어나 대문도 없는 골목 쪽을 내다보며 오지 않을 손녀들을 기다리고 있다. 금방이라도 현관문을 열고 '할머니' 하며 뛰어 들어올 것 같아 조바심으로 서성인다.

"며느리 이사는 갔어?" 전화 중에 물으면 나도 모르게 목이 메고 눈물부터 흐른다.

10년이 넘도록 한집에 살던 며느리와 손녀들이 이사 간 지 며칠이나 지났다고 내가 왜 이러는지 모르겠다. 평택까지 세 시간 거리를 아들과 며느리는 주말 부부로 힘들게 왔다갔다 하며 지냈다. 그동안 이곳에 직장을 갖고 있는 며느리여서 이사 갈 형편이 되지 않았다. 그때는 한 주일씩 나 혼자 있어도 결코 혼자라는 생각이 들지 않고 기다려지지도 않았다. 오히려 해방감이 들고 주말을 가벼운 마음으로 즐기기도 했었다. 그래서 며느리가 이사 갈 때만 해도 평소 그런 마음일 줄 알았다.

그런데 이게 웬일이야. 거실 소파에 앉아 있는 것이 두렵기까지 하다. 잊어 보려고 친구들을 만나서 놀다가, 오후 네 시가 넘으면 나도 모르게 발걸음이 집으로 달려가고 있다. 습관적으로 냉장고를 열어보고 밥솥을 열어보고 손녀들이 들어오면 먹을 간식거리를 챙기고 있다. 주책이다.

며느리가 전화를 했다. 전화를 받기도 전에 눈물부터 흘러내린다. 조용히 숨을 죽이고 목이 메임을 감추고 전화를 받는다. 며느리도 혼자 남은 내가 걱정이 된단다. 큰집에 혼자 있으니 밤에 무섭지는 않은지, 식사는 잘하는지, 안부를 묻는 며느리 목소리도 촉촉하다.

"아유~ 우리 어머니 어떡해~." 하는 목소리 너머 눈시울을 붉히는 게 보이는 듯하다. 강한 척, 안 그런 척하며 전화를 끊었지만 이내 주책스럽게 눈물이 마구 쏟아진다. 정말 많이 보고 싶다.

주말이면 서울에서 남편이 돌아온다. 내 마음은 조금 평안을 찾는다. 그런데 남편이 더 쓸쓸하고 허전해하며 자꾸만 '집이 텅~ 빈 것 같다.'고 말한다. 그동안 일요일 저녁 식사만 끝나면 바로 일어나 가버리던 그도 마음이 불편한지 일어나지 못하고 엉거주춤 소파에 무겁게 앉아 있다. 늦은 시간에 마지 못해 힘들게 일어나는 그의 모습에서 혼자 남는 나를 걱정하고 염려하는 마음이 보인다.

전에는 못 보던 애틋한 모습이다. 차라리 작은 아파트로 이사를 가쟀더니 남편은 손녀들이 10년을 살았던 집이니 방학 때 놀러 오면 이곳이 좋을 거라며 말린다. 아이들 추억이 있는 곳이니 한두 해 정도만 더 살자고 한다.

하루하루 날이 가면 괜찮겠지 생각했다. 하지만 날이 갈수록 그리움은 자꾸만 깊어진다. 요즘은 마당이 내다보이는 소파에 앉지 않는다. 집에 들어오면 바로 내 방으로 들어가서 TV를 켜고 이불을 뒤집어쓰고 누워 버린다. 어느 날은 오후 세 시에 들어가서 아침 출근 시간에 나온 적도 있다. 허리가 아프기도 하지만 기다려지는 두려움보다 차라리 이게 낫다.

사람이 든 자리는 몰라도, 난 자리는 크다더니 정말 며느리랑 손녀들이 떠난 자리가 이렇게 클 줄 몰랐다. 난 오늘도 안절부절 서성이며 자꾸만 마당을 내다보고 있다. 그러다 왈칵 눈물을 쏟는다. 정말 홀로 남는 법을 연습하는 것은 아프고 힘들다.

내 고장의 문학관

해마다 11월 첫째 주가 되면 우리 문학관에서 일어나는 일이다.

"나는 도토리묵을 해올게요."

"나는 고추튀각과 묵나물 무침."

"나는 잡채."

"나는 전."

나는, 나는 등등… 서로서로 모두 즐거운 마음으로 한 가지, 또는 두 가지 음식을 해오겠다고 한다. 그렇게라도 참여하지 못하는 분은 찬조금으로 비품을 구입도록 협조한다. 이것은 단순히 참여만 하는 것이 아니라 문학관을 향한 간절한 소망을 담은 마음의 표현이다.

내가 처음 '이태준 문학제'에 참여한 것은 2011년 11월이었다. 백마고지 옆 대마리 두루미회관 이태준 선생 흉상의 문학비가 세워져 있는 마당에서 제(祭)를 지냈다.

모을동비 회원들은 꼭두새벽부터 제례음식을 준비하고 먼 곳에서 오시는 손님들을 위한 작은 도시락을 만들고 야생에서 채취한 꽃차도 챙겨 놓았다. 11월의 철원은 매우 쌀쌀한데 연신 끓여내는 야생차를 마시며 훈훈한 덕담들을 나눴다. 그날 여러 공연을 하고 시와 수필을 낭송하는 등 성황리에 마쳤다. 작은 지역 사회에서 참으로 대단하다고 생각했었다.

그 후 10여 년이 넘는 세월 동안 문학제에 동참하면서 우리에게 문학관이 건립되기를 간절히 바라왔고, 이태준 선생에 관련된 것이라면 어떤 일이든 동참하고 준비하는 데 노력을 기울이고 힘써 왔다.

이곳 철원이 북한과 접경지역이다 보니 안보나 월북과 관련된 사항에 대해서 매우 민감하다. 큰 노력에도 불구하고 단순히 월북작가라는 이유로 '이태준문학관' 건립과 관련해서 냉담하거나 반대하는 사람들이 있다. 아직까지 문학관이 건립되지 못한 이유다. 그래도 희망을 잃지 않고 철원의 문인들은 보이는 노력과 보이지 않는 노력을 꾸준히 하고 있다. 해마다 정성스럽게 이태준 문학제와 백일장이 진행되어지는 것이 그 증거다.

'이태준' 선생은 누구인가.

1904년에 강원도 철원군 묘장면에서 태어났다. 1909년 아버지를 따라 러시아 블라디보스토크로 이주를 했다가 아버지의 사망으로 귀국한다. 1912년 여덟 살 때 어머니마저 돌아가시고 힘든 어린 시절을 보내게 된다. 여러 우여곡절을 견디고 1925년 7월 '조선 문단'에 〈오몽녀〉를 투고하여 입선하고 '시대일보'에 작품이 발표되면서 문단에 나오게 된다. 한국전쟁이 발발하기까지 약 30여 년에 걸쳐 〈가마귀〉 〈달밤〉 〈촌뜨기〉 〈복덕방〉 등 주옥같은 단편소설 60여 편을 비롯해

중, 장편소설 열여덟 편을 발표했다. 이로써 한국 단편소설의 완성자로 평가받고 있다. 그 외에도 수필집 ≪무서록≫을 비롯해서 글쓰기의 교과서라 할 수 있는 ≪문장강화≫도 출간한다.

'인물이 살아야 작품이 산다.'라는 이태준 선생의 말씀이 초보 작가인 나에게도 크나큰 도움이 된다. 일제 강점기를 거쳐 분단된 조국에서 굴곡진 삶을 살아야 했던 그분은 남에서는 월북작가라는 이유로, 북에서는 사상이 불순하다는 이유로 환영받지 못했다.

1988년 해금 이후 여러 학자가 이태준 선생의 모든 것을 조사하고 연구해서 알리는 일에 앞장서고 있다. 그분들 중에는 '지뢰꽃' 시인 정춘근 선생이 있다. 우리는 그분을 다시 태어난 '이태준'이라고 부른다. 이태준 선생과 조금이라도 관련된 것이라면 반드시 찾아내어 알리는 일에 힘쓰고, 우리 고장 지역 신문에는 '이태준 평전'을 연재하면서 아주 세세하게 지역민들에게 알리는 일을 한다. 얼마 전에는 이태준 평전의 일부가 책으로 출간되었다. 문학제와 백일장을 통해서 지역주민들은 물론 타 지역 문인들까지 초대해서 계속 참여시키는 일도 한다. 그리고 그 모든 일을 철원 문협 회원들과 모을동비 회원들은 정성을 다해 지원을 아끼지 않는다.

2011년 지뢰 꽃길이 만들어지면서 작은 컨테이너 사무실이 생겼다. 철원 문인들은 우리만의 공간이 생긴 사실이 세상에 없이 기뻤다. 군청에서는 지뢰 꽃길을 가꾸는 데 사용하는 연장을 보관할 목적으로 놓아 준 것이지만 한쪽에 작은 진열장을 놓고 그동안 모아온 이태준 선생의 원서들과 자료들을 보관하고, 가끔은 회원들이 모여 친목을 도

모하기도 하고 시 낭송회를 갖기도 했다. 그러다 보니 그 주변이 공원으로 바뀌었다.

문인들은 지역 축제나 지뢰 꽃길 풀매기 작업을 통해 지원되는 비용 중 사용하고 남은 돈으로 경매를 통해 원서들을 구입하고 있다. 때로는 비용이 모자라서 아쉽게 놓치기도 하지만 꾸준히 노력한 마음을 알게 된 군청에서는 2015년 노동당사 옆 작은 공간에 커다란 컨테이너 사무실을 마련해 줬다. 문학관으로 가는 징검다리 역할을 하는 '사료관'이다. 최소한의 비용을 들여 책상과 의자, 그리고 진열장을 준비해서 꾸몄지만, 우리 문인들에겐 어느 문학관 못지 않은 감격스러운 건물이다.

우리는 그곳에서 문학과 관련된 토론을 하기도 하고 강의를 듣기도 한다. 학생들이나 어린이들에게는 글쓰기를 가르치고, 고서 만들기, 이차 떡 만들기 체험을 통해 이태준 문학과 가까이 할 수 있는 시간도 만들었다. '다시 태어난 이태준'이라는 별호를 가지신 정춘근 선생은 ≪촌뜨기≫ 소설 속의 명칭을 통해 옛길을 찾아내어 장군이라는 인물을 따라 걸으면서 일제 강점기 만행을 알고 그 시대의 아픔을 느낄 수 있는, 길 위의 인문학 강의도 마련해서 크나큰 호응을 얻었다. 4월부터 10월까지는 트랙터 마차를 타고 '촌뜨기 길'을 돌아볼 수도 있어 인기 만점이다. 물론 해설사가 동승해서 설명을 해준다. 사료관에 관해 궁금한 분들께는 자신 있게 보여드린다. 비록 작아도 무(無)에서 창조된 최선을 다한 우리의 자존심이기 때문에 절대로 부끄럽지 않고 자랑스럽다.

2003년부터 시작한 문학제는 매년 11월 첫째 주 토요일이다. 문학관을 향한 우리 철원 문인들은 관심 있는 분들의 성원 속에 성대하게 행해진다. 해마다 이태준 문학 중에서 한 편을 골라 각색해서 연극을 준비하고 찾아주신 문학도들을 참여시키기 위해 글을 낭송하게 하고 있다. 철원 예총의 지원을 받아 몇 가지 공연도 있어 알찬 시간을 즐길 수도 있다.

우리 모을동비 회원들은 열과 성을 다해 조촐하지만, 정성껏 음식을 준비하고 감사의 예를 드린다.

이번 글을 통해 '이태준 문학제' 첫해부터 지금까지 한 해도 빠지지 않고 참여한 '창작 21' 선생님들, 여러 번 참여하고 세미나까지 준비한 한국수필 선생님들, 한국수필작가회 선생님들께도 정중히 감사를 드린다.

이제 철원군청에서도 크나큰 관심을 갖고 있어 머지않아 우리 고장에도 반듯한 문학관이 생길 것을 믿어 의심치 않는다.

그동안의 노력이 헛되지 않았음을 우리는 안다. 꿈은 이루어질 것이다.

올해도 우리는 봄나물을 뜯어말리고 감국을 따서 차를 만들며 불원천리 먼 길을 찾아주시는 손님맞이 생각에 벌써부터 마음이 뜨거워지며 달뜬다.

[한국수필 2019.]

삶의 이야기가 담긴 마법상자 같은 글

– 원숙자의 작품 세계

정춘근

시인

1. 시작하는 말

나는 시를 쓰는 사람이다. 몇십 년을 도서관에서 많은 사람들을 대상으로 시 창작 강의를 하고 있다. 여기저기서 듣고 배운 쥐꼬리만 한 지식으로 수강생 창작시를 봐주고 있다. 이런 수강생 중에서 청출어람(靑出於藍)인 수강생들이 참으로 많았다. 오히려 그들에게 배우는 것이 더 많은 함량 미달의 강사인 것이 솔직한 입장이다. 그런 과정에서 많은 수강생들과 인연이 맺어졌지만 가장 생각이 나는 것이 열심히 글공부를 하다가 섭섭하게 이사를 가는 사람들이다. 그런 수강생들에게 '그곳에 가서 훌륭한 선생을 만나 좋은 글을 많이 쓰라' 부탁하지만 그게 잘 안 되는 것 같다. 특히 불과 2000년대 초반까지만 하더라도 지역 곳곳에 문예창작반과 문학 동호회가 많았었는데 지금은 거의 사멸을 했는지 글쓰기를 포기하는 안타까운 경우가 많다. 이런 악조건(?)에서 이번에 수필집 ≪남편과 마법상자≫를 내는 원숙자 수필가는 다른 곳으로 이사를 갔음에도 글쓰기 공부를 열심히 한 것 같아서 기쁘다. 언제나 하는 이야기지만 포기하지 않으면 기회는 있는 법이다. 과거에는 작가가 자신의 작품을 발표하는 잡지 지면을 얻거나 작품집을 출판하려면 소위 문단 정치가 필요했다. 그런 것도 알량한 권력이었던 시대가 SNS가 발달하면서 과거가 되었다. 지금은 좋은 글을 자유롭게 발표할 수 있는 좋은 세상이라는 점에서 원숙자 수필가 같은 작가들이 많이 등장할 수 있었으면 하는 바람을 갖고 작품을 꼼꼼하게 읽었다.

2. 잊을 수 없는 어머니에 대한 사모곡

우선 60여 편의 글을 창작하기 위해 보냈던 불면의 밤과 노고에 박수를 보낸다. 수필의 기본 개념은 '사전에 어떤 계획이 없이 형식에 지배받지 않고 글쓴이의 느낌, 기분, 정서 등을 표현하는 산문 양식'이다. 위의 개념을 보면 아무 생각 없이 자유롭게 쓰는 긴 글이라고 하지만 세상 어느 작가도 무계획적으로 글을 창작하지 않는다는 점에서 논리모순이라는 판단이다. 분명 작가는 자신의 글에 분명한 메시지를 담고 있는데 수필집 ≪남편과 마법상자≫에서 가장 먼저 공감을 이끌어내는 것이 '어머니'가 주제가 된 아래와 같은 글이다.

"엄마, 엄마는 제가 살아생전에 잘하는 것이 좋아, 돌아가신 다음에 제사상을 잘 차려드리는 것이 좋아? 둘 중의 하나만 골라요."

"당연히 살아생전에 잘해야지, 죽은 다음에 만한전석을 차려준들 무슨 소용이 있겠냐. 지금처럼만 해주면 더 바랄 것이 없단다. 그것이 효도지…."라고 대답했다.   - <어느 약속> 일부

그때 밖에서 '깍깍' 까치 소리가 났다. 바로 창문 밖 아카시아, 가는 가지 끝에서 반가운 소식이라도 전하는 양 힘찬 소리로 "깍깍깍 깍깍깍." 창밖을 물끄러미 바라보던 엄마는 푸념을 하신다.

"내가 저 까막까치라도 돼서 날아갈 수만 있어도…."

길게 한숨을 내리 쉬면서 눈을 감으셨다.

- <엄마 뵈러 가는 날에는> 일부

"엄마, 다음 생에도 엄마 딸로 태어나서, 지갑이 가득하도록 용돈 채워 드릴게요. 엄마를 사랑했기에 지갑을 채워 드리지 못했던 거 대단히 죄송합니다." - <빈 지갑> 일부

막걸리도 빨대를 꽂아 드리니 쪽쪽 맛있게 드신다. 보고 있는 나는 기분이 좋아 눈물이 났다. '이렇게 드시고 싶은 걸 두 해가 넘도록 어찌 참고 사셨을까.' 가슴이 미어지게 아프다. 그동안 얼마나 사신다고 콧줄을 끼워 놓고, 드시고 싶은 것도 못 드시게 한다고 원망도 많이 했었다.

- <엄마 코에 콧줄을 빼다> 일부

많은 작가들에게 작품 주제가 되는 것이 어머니이다. 어버이날에 단골로 등장하는 노래가사 '높고 높은 하늘' '깊고 깊은 바다'보다 더 큰 이미지를 갖고 있는 것이 어머니이다. 문제는 생전에 계셨을 때는 언제나 곁에 있는 그림자 같은 존재라고 생각하지만 막상 하늘나라에 가시고 난 뒤에는 세상 모든 것이 어머니와 연결이 된다는 점이다. 즉 어머니의 손길이 안 미치는 곳이 없었다는 명백한 증거이다. 원숙자

수필가의 작품에서도 절절한 사모곡이 들리고 있다. 살아생전에 모녀가 '살아생전에 잘하는 것이 좋아, 돌아가신 다음에 제사상을 잘 차려 드리는 것이 좋아' 묻는 내용에서는 두 사람이 얼마나 가까운 사이였는지를 보여주고 있다. 또 엄마가 맛있는 음식, 좋은 옷보다는 '지금처럼만 해주는 것이 효도'라고 말을 하는 것에서 이 시대 어머니들 공통 생각 '우리 자식만 한 효자 없다.'는 인식이 고스란히 드러나고 있다.

수필 〈엄마 뵈러 가는 날에는〉에서 요양원 생활을 하는 엄마가 답답한 현실을 벗어나고 싶다는 간절함을 까치 날개를 빌어서 표현하고 있다. 지금 세상에서는 노인들이 요양원 생활을 하는 것은 누구 잘못이 아니다. 그들은 일제강점기에 태어났고 해방 이후에는 한국전쟁을 겪었고 휴전 뒤에는 잿더미에서 한강 기적을 이룬 영웅들이다. 자식을 위해서는 모든 것을 희생하는 것이 낙이기도 했지만 말년 노후에 대해서 가르쳐 준 사람이 없었다. 또한 자식들도 바로 눈앞에 생활 하루하루가 힘에 겨운 상태이다. 이런 문제를 해결하는 귀결점이 요양원이다. 수용된 사람들도 그것을 바라보는 자식들의 아픔이 잘 담겨 있는 수필이다. 문학은 이렇게 아픈 상처를 건드리는 용기가 있어야 완성도가 높다. 무조건 아름답게 치장하지 않는 것은 좋은 작가가 되는 필요조건이라는 생각으로 눈여겨보게 된다. 어머니를 요양원에 보내게 만든 것은 가난이다. 그것을 담담하면서 아프게 그려 낸 것이 〈빈 지갑〉이다. 넉넉한 지갑을 갖고 살기를 희망하지만 자본주의 체제는 그리 녹록하지 않다. 그런 허망함을 묘사한 이 수필에서는 엄마의 지갑을 빳빳한 신사임당 오만 원 지폐로 가득 채워 주고 싶은 원숙자 수필가의 진심이 보석처럼 반짝이고 있어서 읽으면 읽을수록 자식의 따스한 마음을 느껴지게 만든다. 마지막으로 인용된 〈엄마 코에 콧줄을 빼다〉는 우리에게 많은 암시를 던지고 있다. 힘없는 노인들에게 콧줄은 생명줄이라고 생각을 한다. 그것을 통해서 건강이 유지된다고 한다. 콧줄 때문에 먹고 싶은 것을 차단당하고 사는 노인들… 자식들이 정성껏 마련한 음식을 거부하는 요양원 운영 방식은 헌법으로 보장된 행복추구권 위반이라는 생각이다. 먹고 싶은 것 다 막힌 상태에서 침을 꼴깍 삼키면서 바라봐야 하는 노인들의 절망을 생각하면 반드시 고쳐져야 한다는 판단이다. 그런 공감을 얻게 만드는 것이 '얼마나 사신다고 콧줄을 끼워 놓고, 드시고 싶은 것도 못 드시게 한다.'는 구절이다. 인간의 가장 근본적인 식욕을 막아 놓고 우리가 떠드는 '인권국가'라는 의미가 얼마나 모순 덩어리인지 다시 생각해 보게 만드는 작품이다.

원숙자 수필가가 의지하고 있었던 어머니가 요양원 생활을 마치고 천상병 시인의 〈귀천〉의 한 구절처럼 '아름다운 이 세상 소풍 끝내는 날'이 찾아 온 아픔이 작품에 절절하게 담겨 있어서 가슴을 흔든다.

"엄마 왜 이리 많이 만드셨어요?"
"내 생애 이것이 마지막 바느질이 될 것 같다. 이제는 눈도 어둡고 손가락 힘도 없어서 힘들 것 같당게.   -<설이 다가오는데> 일부

나는 진한 그리움이 솟구쳐 올랐다. 자꾸만 잊고 있던 엄마 생각이 새록새록 봄비에 새싹처럼 자라나서 목이 멨다. -<엄마 생각> 일부

지난 초여름, 흐드러지게 핀 유월의 장미보다 더욱 눈부시게 해맑은 날이었다. 그 모든 추억거리를 남기고 엄마는 작별 인사도 없이 하늘나라로 떠나셨다.   -<설맞이 풍경> 일부

반듯하게 누우신 모습이 참으로 곱다. 세상의 모든 시름을 내려놓은 듯 표정이 매우 편안하고 해맑기까지 하다. -<발인(發靷)> 일부

언제나 이 시대 어머니들은 남다른 예지력을 갖고 있다. 자신의 생이 끝자락으로 달려가고 있다는 것을 인지하고 사랑하는 자식에게 많은 것을 물려주고 싶은 마음을 보인다. 수필 〈설이 다가오는데〉에서는 평소보다 많은 복주머니를 만든 어머니와의 대화이다. 다시는 만들 수 없는 복주머니 재료인 공단을 구입하고 정성스럽게 오색실을 꼬아서 만들었던 정성… 잘 보이지 않는 눈으로 생의 마지막이라는 복주머니 안에는 자식들을 생각하는 소중한 마음이 가득 담겼을 것이라는 생각이다. 그런 어머니를 생각하는 원숙자 수필가가 쓴 〈엄마 생각〉 작품에 보이는 '봄비=눈물' '새싹=가슴을 치미는 그리움'으로 환치되고 있는 중이다. 봄이 지나면 세상 새싹들 잎이 자라고 꽃이 피고 가지들이 무성해진다. 무성한 그늘이 깊어 가는 유월 어머니는 흔한 작별 인사도 없이 하늘나라로 가셨지만 원숙자 수필가에게는 결코 잊을 수 없는 추억을 남긴 것을 담담하게 그려내고 있다. 그렇게 감정에 치우치지 않을 수 있었던 것은 어머니 마지막 모습을 그린 수필 〈발인(發靷)〉에서 '세상 모든 시름을 내려놓은 어머니 모습이 참으로 곱다'라고 표현한 것에서 확인할 수 있다. 왜냐하면 요양원에서 느꼈을 절박함, 불편

함, 가슴 깊은 서러움을 다 내려놓고 자유로운 영혼이 되었다는 믿음이 있기 때문으로 보인다.

3. 삶의 여정이 담긴 소중한 기록

인류 문학사조에는 자연주의(naturalism)가 있다. 19세기 후반 '세계의 모든 현상과 그 변화의 근본원리가 자연(물질)에 있다고 보는 것'으로 우리나라에서는 1920년대 김동인(金東仁), 현진건(玄鎭健), 염상섭(廉想涉) 등의 작품에서 자연주의 일부가 보이고 있다. 이런 복잡한 문예사조를 한마디로 요약을 하자면 '인간은 환경의 지배를 받는다.'이다. 실제로 많은 작가들이 자신이 살고 있는 인문학적 또는 자연환경적 요인을 기초로 창작 활동을 한다. 그것은 고기가 물을 떠나서 살 수 없는 이치와 같은 것으로 문학작품을 통해서 그 시대 상황을 읽을 수 있다는 점을 생각해 보면 더 분명해진다. 원숙자 수필가는 전북 진안에서 출생해서 강원도 철원에서 오랜 기간 살면서 문학에 입문을 하고 2017년 《한국수필》로 작가로 등단했다. 그런 연유로 고향과 철원을 배경으로 한 작품을 여러 편 선보이고 있다. 그 중에서 눈길을 끄는 수필을 다시 읽어 보면 다음과 같다.

오늘도 한탄강은 작년에 입은 수해의 흔적을 안고 유유히 흐르고 있다. 사람들이 별로 찾지 않는 곳이라 운동하기 좋아 쉬는 날이면 자주 들러서 걷곤 한다. 길게 흐르는 강 옆으로 해마다 만들어지는 추억도 함께 걷는다.   -<한탄강의 여름날> 일부

도피안사는 철원 8경에 들어 있다. 강원도 철원을 여행한다면 한번 들러야 할 명소 중의 명소이다. 한겨울 흰 눈을 이고 있는 환상적인 풍경을 본 나는 이곳을 더욱 사랑하게 되었다.

-〈도피안사에 가다〉일부

처음 이곳으로 이사 와서 아는 사람도, 친구도 한 명 없을 때, 마음은 매일 이사를 가고 있었다. 그러던 중 도서관 입구에 걸린 '문학창작반 회원 모집'이라는 현수막을 보았다. 시간이 많은 나는 혹시라도 좋아하
-〈철원에 사는 이유〉일부

첫 번째로 인용한 〈한탄강의 여름날〉은 철원을 상징하는 강을 소재로 삼고 있다. 한탄강은 강원도 평강군에서 발원하여 철원군과 경기도를 거쳐 임진강으로 흐르는 136㎞로 화산 활동으로 만들어진 추가령 곡이 있다. 평강군 오리산에서 용암이 분출해서 계곡을 만들었기 때문에 절경을 자랑하고 있다. 이곳에서 고향친구들을 초대해서 즐겁게 보내는 추억을 수필로 표현하고 있다. 글을 읽다 보면 한탄강 상류에는 공장이 없기 때문에 맑은 물이 현무암 계곡을 따라 흐르고 수많은 여울에서 비늘을 털고 있는 정경이 그려진다. 또 밤이면 별빛이 흐르는 강물에 반사돼 마치 별들이 내려와 몸을 씻는 듯한 느낌이 전해지는 수필이라는 생각이다.

두번째 소개된 작품은 화개산에 있는 천년 고찰 도피안사를 그려내고 있다. 도피안사는 후삼국 시대를 호령했던 궁예(弓裔, 857?~918, 재위 901~918)가 세운 절이다. 절을 창건했을 때 이곳 농민 1,500명이

모여서 환호했고 궁예의 누나가 첫 주지를 지냈다는 역사 기록이 있을 정도로 유명한 사찰이다. 그곳을 찾은 원숙자 작가가 느꼈던 감정을 작품으로 표현하고 있는데 다 읽고 나면 낡은 배낭이라도 메고 찾아보고 싶게 만드는 감정을 들게 하고 있다. 마지막으로 인용한 수필은 원숙자 수필가를 문학의 세계로 이끌었던 내용이다. 지금처럼 인터넷과 SNS가 유행하는 시대에 문예창작반은 MZ세대들에게는 '과거의 유물' '냄새나는 꼰대들 전유물' 정도로 인식되고 있다. 많은 매체들이 문학의 사망을 기정사실화 하는 시대에 문예창작반에 관심을 가진 것은 '임신부가 신 음식을 원하는 것처럼 문학에 대한 욕구가 잠재' 했던 것이라 할 수 있다. 그렇게 숨겨졌던 문학적 재능이 문예 창작 문을 열고 들어서는 순간부터 화산처럼 폭발해서 수필가로 등단을 하고 작품집까지 발간하게 만든 것으로 판단된다. 따라서 철원은 원숙자 수필가에게는 문학의 요람이 되는 지역이라는 생각이다. 여기에다가 자신의 고향에서는 느끼지 못했던 민족의 아픔에 대해서도 공감하고 아래 작품이 증명하듯이 문학 세계에 깊이를 더하고 있다는 점은 주목 받을 만하다.

지뢰 제거 작업이 시작되고 얼마 지나지 않아 작업 중에 두 구의 유해를 발굴했다는 뉴스가 나왔다. 태극기로 덮어서 운구하는 모습도 보도됐다. 차갑고 쓸쓸한 고지에서 아직도 총을 들고 나라를 지키고 있었을 우리의 병사였다. 예순다섯 해 만에 제대하는 순간이다.

-<천도(薦度)의 현수막> 일부

더 이상 남북 간의 대립을 멈추고 평화를 위한 출발이 DMZ 부근 화살머리고지에서 전사자 유해를 발굴하는 작업이다. 이곳에 전사자가 많은 이유는 휴전을 앞두고 한치의 땅이라도 더 차지하기 위해 고지전을 전개했기 때문이다. 고지전에서 많은 군인들이 희생이 됐지만 방치 수준에 있었던 것을 평화를 추진한 정책 덕분에 유해발굴이 이루어진 것을 수필로 쓴 것이다. 발굴된 병사 둘을 '예순다섯 해 만에 제대하는 순간이다.'로 남다른 감각을 보여 준 것은 원숙자 수필가가 갖고 있는 문학 소질을 확인하게 만들고 있다.

4. 고향과 가족들에 대한 따스한 눈길

문학과는 상관없이 논리적으로 분석하는 것을 좋아하는 학자들의 주장을 빌리면 수필의 기원은 로마시대 걸출한 작가인 테오프라스토스, 플라톤을 비롯 마르쿠스 아우렐리우스의 〈명상록〉 등을 거론하지만 실제로는 프랑스의 몽테뉴의 〈수상록〉을 원조로 보고 있다. 우리나라에서는 김만중(金萬重)의 〈서포만필(西浦漫筆)〉을 수필의 원조로 보고 있지만, 문제는 이런 논쟁은 글을 쓰는데 아무런 도움이 되지 않는다는 점이다. 언제나 작가는 자신의 글을 통해서 이야기를 하는 것이 원칙이다. 글도 쓰지 않고 이론에만 정통한 것은 본질을 상실한 것이라 할 수 있다. 이런 점에서 본다면 원숙자 수필가처럼 자신의 창작을 모아서 작품집을 발간하는 것이 이 시대에 필요한 문학인의 모범이라는 점을 전제하면서 깊이 있게 읽은 것이 자신의 뿌리인 고향과 가족을 주제로 쓴 수필이다. 우선 가장이라는 무거운 짐을 지고 살았던 그 시절 아버지 흔적을 찾아보면 다음과 같다.

그곳에는 아버지도 계셨다. 자장면 집이었다. 처음 먹어보는 그 맛
은 온통 머릿속에 별이 반짝였다. 세상에 없는 그런 맛이었다. 그동안
내가 제일 좋아하던 호떡은 아무것도 아니었다. 그 후로 나는 장날만
되면 엄마를 찾아 장터로 나가서 헤매고 다녔다.

-<산골 아이의 장날> 일부

드디어 다섯 번째로 아버지가 나를 업었다. 등에서 뜨거운 김이 모
락모락 피어나고 있었다. 진한 아버지 냄새가 땀인지 빗물인지 모르
게 몽글거렸다. 무척 긴장했는지 등이 딱딱하게 굳어있었다. 그날 아
버지는 그 위험한 물속을 아홉 번이나 왔다갔다 하셨다.

-<아버지의 등> 일부

첫 번째로 소개하는 글은 자장면에 대한 추억이다. 1960~70년대
자장면은 지금처럼 흔한 음식이 아니었다. 초등학교 졸업식을 마치고
전 가족이 모여서 먹었던 축하 음식일 정도로 가난한 아이들에게는
선망의 대상이었다. 이런 자장면은 엄마를 찾던 장날. 아버지와 같이
먹었던 추억은 중국집을 지나갈 때면 춘장 냄새 속에서 다시 떠오를
것 같다는 생각이다. 그 시대 아버지는 커다란 바위처럼 단단하고 마
을을 지키던 장승처럼 굳건한 존재였다. 그런 아버지도 나약한 하나의
인간이라는 점을 보여주고 있는 것이 〈아버지의 등〉이다. 하교 길에서
갑자기 불어난 냇가를 업어서 건너 주는 아버지의 굳은 등에서 코를

찌르던 몸 냄새는 딸을 사랑하는 인간적 아비의 마음이었을 것이다. 원숙자 수필가에게는 중국집 냄새와 아버지의 짙은 냄새가 동일 시 되는 그리움 속에서 살고 있다는 생각을 해 보게 만드는 작품이다.

교복 차림인 우리 둘을 위아래로 훑어보더니, "따라와" 하면서 앞 서 걸었다. 어두운 복도를 지나 끝 방으로 들어가는데 뭔지 모를 부끄 러움과 두려움, 그리고 도살장에 끌려가는 기분이 들었다.
-<어설픈 매혈자> 일부

내가 어렸을 적, 시골에선 깡통이 아주 귀한 물건이었다. 그때만 해 도 우유나 통조림을 먹는 집이 거의 없기 때문이었다. 어쩌다 분유통 하나 구하면 모든 친구가 부러워할 만큼 불놀이 깡통으로는 최고였고 그만큼 귀한 보물급이었다. 아쉬운 대로 미군 부대에서 나온 통조림 깡통 하나만 있어도 좋았다.
-<깡통 돌리기> 일부

정말로 조선시대에는 똥 푸는 사람에게 계급을 주고 '예덕(睿德) 선생'이라는 칭호를 주었단다. 요즘은 많은 직업에 '선생'이라는 칭호 가 붙여지지만 조선 시대에는 몇 안 되는 직업에만 '선생'이라는 칭호 를 썼다. 그만큼 똥 푸는 직업을 중요하게 생각했고 대우를 해줬다고 하니 조상들의 지혜에 탄복한다.
-<예덕 선생> 일부

인용한 글들은 원숙자 작가의 고향 이야기이다. 철부지 교복 소녀들 이 매혈을 하기 위해 도살장에 끌려가는 기분이 되는 잔인한 이야기를 소재로 삼았다. 이 작품 안에는 MZ세대들이 모르는 배고픔이 담겨 있다. 용돈을 주는 가족이 없는 시대에 군것질도 하고 친구가 가진 예쁜 머리핀에도 마음이 쓰이는 배고픈 시대에는 자신의 피를 팔아서라도 돈을 마련해야 하는 슬픈 세상을 이겨내야 했다. 교복을 입은 소녀들의 가녀린 팔목에 고무줄을 감아 놓고 희미한 핏줄을 더듬어 매혈을 했던 의료기관의 비인간적인 행위가 정당화되던 시절을 마치 한편의 흑백 영화를 보여주는 것 같은 〈어설픈 매혈자〉는 아픈 가슴으로 읽히고 있다. 당시에는 놀이 문화도 자연 친화적이었다. 일년 중에 가장 추운 정월 대보름 무렵 통조림 깡통에 불쏘시개와 나무를 넣고 돌리던 불놀이는 지금 시각에서는 방화범으로 몰리기 십상이지만, 당시에는 최고 놀이였다. 지금처럼 혼자 PC게임, 스마트폰을 보는 것이 아니라 밤낮으로 친구들이 모두 모여서 즐기던 놀이는 바로 사회성이 길러지고 우리는 하나라는 공감대가 형성되는 사회화 과정이었다. 그런 이야기를 진솔하게 담아 놓은 수필은 우리들을 옛날 깡통 돌리기 놀이터로 이끌고 있는 것이 특징이다.

세번째로 인용한 수필 〈예덕 선생〉은 재래식 변소의 똥을 푸던 사람을 높이 부르는 것을 소재로 삼고 있다. 여기에 등장하는 '예덕 선생'은 조선 실학파 태두인 연암 박지원이 지은 한문소설에서 유래 된 것이다. 연암은 〈예덕선생전(穢德先生傳)〉에서 인분을 나르는 예덕의 마음이 곧고 덕이 높음을 그려 양반들을 공박한 것이다. 그런 의미가 남쪽 지방에서는 전승되었는데 가장 천박한 직업을 가진 사람에게 극존칭인 '선생'이라는 별호를 붙인 것은 우리 조상들의 넉넉한 마음이 담긴 것이라 할 수 있다. 원숙자 수필가는 그런 의미를 찾아서 작품으로 형상화한 것은 읽는 사람들에게 독특한 느낌과 조상들의 인권존중 사상을 공감할 수 있게 만든다.

그녀는 내 남편과 회를 포장하러 가는 모습이 다정한 부녀 같다. 편의점 테이블 위에 회를 차리는 손도 빠르고 내숭 떨지 않고 알아서 척척 하는 모습이 내 맘에 들었다.

그 후 그녀는 내 며느리가 되었다.　　　　-<나와 며느리> 일부

LCD TV가 처음 나오고 얼마 되지 않았을 때였다.// 마침 다니러 온 손자가 분무기를 들고 화분에 대고 뿌리기에 "우리 결이가 참으로 부지런하구나, 착하네, 꽃에 물도 주고."라는 칭찬을 해준 것이 화근이 될 줄이야.// "하므이, 하므이" 아이가 불러서 가보니 TV가 무지갯빛으로 반짝이며 소리만 나오는 것이 아닌가.// 나중에 물으니 화면 속 꽃에 물을 준 거란다.　　　　-<할아버지와 손자> 일부

밤늦게 마지못해서 들어간 방, 화장대 앞에는 편지가 놓여 있었다. A4 용지에 커다란 하트를 그려놓고 "할머니 할아버지 사랑해요."라고 크게 써 놓았다. 바로 아랫줄에는 "또 놀러 올게요. 사랑하는 은서 ♡" 10년 세월을 헛살지 않았다는 생각이 들었다. '언제 이렇게 커서 편지를 써놓고 간 걸까.' 감동이 불꽃처럼 몰려왔다.

- <사랑의 편지> 일부

위의 인용한 3편의 수필은 원숙자 작가의 가정에 새로운 가족이 된

며느리와 손녀들의 이야기를 소재로 삼고 있다. 시댁에 온 며느리가 남편과는 부녀처럼 보이고 내숭을 떨지 않는 모습이 마치 딸을 얻은 느낌으로 표현되고 있다. 요즘처럼 고부간에 갈등이 사회문제가 되고 있는 시대에 또 하나의 가족으로 받아들이는 모습은 원숙자 가정이 얼마나 화목한 것인지 엿볼 수 있게 만든다. 그런 생활의 결실이라고 할 수 있는 손자가 고가의 LCD TV에 꽃 영상이 나오는 것을 보고 물을 뿌려서 고장 나게 만들었지만 수리비보다는 '부지런하고, 착하게 꽃에다 물을 주는 행동'에 따스한 작가 시각을 보여주고 있는 것에서 할머니의 따스한 사랑이 느껴진다. 눈앞에 이익을 위해 역정을 내지 않는 너그러운 원숙자 할머니의 보살핌을 받으며 10년을 자란 손녀가 A4 용지에 커다란 하트를 그려놓고 "할머니 할아버지 사랑해요."라고 써 놓은 것을 읽으면서 독자들도 소중한 편지를 받은 것 같은 울컥함을 공감하게 만들고 있다.

5. 남편에 대한 믿음이 담긴 수필

우리는 지난 3년이라는 코로나 팬데믹을 거치면서 큰 변화를 겪었다. 서로 만나지 못하고 모임은 끊어졌다. 시간이 흐르면서 전염병에 대한 공포가 커졌고 경제 불황이 다가왔다. 많은 사람들이 희망을 잃고 있을 때 의욕을 갖게 만든 것이 가정이었다. 그것을 증명하는 것이 우리나라 유수 언론사의 설문조사이다. 가족에 대한 구체적 의미가 무엇이냐는 질문에 답은 '고맙고'(55%), '편안하다'(54.2%)이고 또 '힘이 된다'(52.5%)였다. 이 통계는 우리 조상들이 강조했던 '家和萬事成'이라는 의미와 일맥상통하고 있다. 문학도 가정이라는 가장 기본적인 틀에서 창작되는 것이다. 그런 점에 비추어 보면 원숙자 씨의 수필에서도 가정 이야기가 많이 등장을 하는데 가장 주목받아야 할 작품은 수필집 제목이 된 '남편'에 대한 작품이다. 경제적 어려움을 극복해 나가는 과정을 그린 〈남편과 마법상자〉는 원숙자 수필가에게는 진주같은 작품이라고 생각돼 집중적으로 분석해 보고자 한다.

* 빚보증 두 번에 쫄딱 망하고 꼭 12년 만이다. 제일 싼 땅을 찾아다니다가 원하는 곳을 찾았다.
* 전날 밤 꿈속에, 맑은 물에 뱀이 두 마리가 떠 있었다.
* 동생이 인터넷 검색을 하더니 재물이 들어올 거라고 했다.
* 예당지 옆을 지나는데 한겨울 풍경에 빠져들고 있었다.
* 처음 가본 곳에서 그렇게 마음에 드는 땅을 샀다.
* 서둘러 잔금을 치르고 싸구려 중고 컨테이너를 갖다 놨다. 가등기를 한 후 수도와 전기시설도 했다. 코로나 여파로 남편은 계속 급여를 받지 못하고 있어 우리가 할 수 있는 최선을 다하고 있는 거였다.
* 급여를 받을 때마다 한 가지씩 개선해 나갔다.
* 이렇듯 주말마다 컨테이너는 달라져 가고 있었다.
* 남자들, 충청도 특유의 사투리를 써가며 하는 말. "이곳은 마법상자여. 말만 하믄 없는 것이 없구만유~."
* 이제 이곳에 우리 집만 지으면 된다.

수필 제목이 〈남편과 마법상자〉의 내용은 이렇게 전개되고 있다. 2000년대 가정이 몰락을 하는 원인의 대부분이 빚보증이다. 아는 처지라 부탁을 하면 거절할 수 없어서 가볍게 찍은 도장이 나중에는 태산처럼 다가오는 것이 빚보증이다. 그래서 옛 조상들은 '보증 잘 서는 자식은 낳지도 말라.'고 이야기를 할 정도이다. 정말 가혹한 일이 벌어질 수 있다는 것을 알면서도 빚을 보증 선 원숙자 수필가 남편은 마음이 착한 사람임을 엿볼 수 있게 만든다. 그것도 두 번이나 당했으니 참고 살은 원숙자 씨도 같이 선한 사람으로 부창부수라는 말이 딱 맞는 것 같다. 그렇게 어렵게 살면서 자기 집을 한 채 가져 보는 것이 소원이었던 원숙자 씨 부부가 우연치 않게 자신들 형편에 맞는 땅을 구입하는 과정을 그려내고 있다. 통장을 다 털어서 구입한 땅에 월급을 타거나 돈이 생길 때마다 한 가지씩 마련해 나가는 과정은 힘들지만 보람이 있다는 것을 보여 주고 있다. 주말마다 찾아가서 작업을 하다 보니 어느새 집의 형태가 만들어지고 이웃에 사는 남자들이 '마법상자'라고 이야기하는 것은 원숙자 부부의 땀과 눈물이 빚은 결과일 것이다. 아무것도 없는 땅에 조금씩 보금자리를 만들어 가는 과정은 경제적 가치를 넘어서 금전으로 평가할 수 없는 보물이라는 판단을 내리게 만든다. 마치 글을 읽는 독자들이 신혼 시절 살림살이 하나 장만하고 느꼈던 행복한 시절을 뒤돌아보게 만드는 힘이 있다. 글을 읽는 사람들은 말만 들어도 근사한 경치가 그려지는 예당저수지 부근에 원숙자 부부 작가가 살고 있다는 것만으로도 한 번쯤 찾아가 갈잎이 타는 향기 풍기는 차 한 잔을 나누고 싶다는 욕심을 만들게 하는 좋은 수필로 느껴진다.

6. 나가는 말

작가에게 작품집은 영혼이 쉬는 곳이다. 원숙자 수필가에게 〈남편과 마법상자〉는 그동안 창작한 글을 정리하고 새로운 작품 세계로 나가는 기틀이 될 것으로 보인다. 이번 수필집 앞에 편집된 '요양보호사의 경험'은 아주 중요한 의미를 갖고 있다. 그동안 고향 생각, 추억, 가족들 이야기'에 작품의 뿌리를 두고 있었다. 그런 범주에서 벗어나 주변 이웃들을 소재로 삼은 것은 새로운 세계를 찾아냈다는 구체적 증거이다. 오랜 기간 교감이 이루어지지 않은 인물을 작품 소재로 삼는 것은 다양한 이야기들을 담을 준비가 되어 있다는 것이다. 어려운 이웃들을 따스한 연민의 시각으로 바라보는 작품 태도는 독자들에게 편안함을 제공하는 매력이 있다. 그것은 모든 창작의 시작이면서 끝이라는 점을 항상 잊지 않았으면 한다.

수필집 ≪남편과 마법상자≫는 쉬운 표현으로 읽는 사람과 자연스러 교감을 이끌어 낸다. 요즘처럼 책을 읽지 않는 SNS시대에 원숙자 씨의 정갈한 글들이 생명력과 경쟁력을 가질 것이라 믿는다. 이런 예측을 하는 이유는 물이 흐르듯 막힘이 없는 이야기 전개는 자꾸만 읽고 싶어지는 욕심을 자극하는 마력이 있기 때문이다. 마지막으로 그동안의 노고에 박수를 보내며 이번 성과에 만족하지 말고 지속적인 창작 활동으로 우리나라 문단에 새로운 보물이 되었으면 하는 바람을 가져 본다.

2023년 早春

원숙자 수필집

남편과 마법상자